金の船

十一月号

第一巻　第一号

二

秋のとんぼ

若山牧水

茅萱《ちが》のうへに
ほろほろと
きいろい
胡桃《くるみ》の葉《は》が落ちる

茅萱《ちがや》の蔭《かげ》から
ゆめのよに
赤《あか》い蜻蛉《とんぼ》が
まアひ立《た》つ

とんぼ可愛《かはい》や
夕日《ゆふひ》のさした
胡桃《くるみ》の幹《みき》に
行つてとまる

泥棒《どろばう》と犬《いぬ》の子《こ》

有島生馬

一

ある月《つき》のない、暗《くら》い晩《ばん》でした。正夫《まさを》さんのお家《うち》の白塗《しろぬ》りのお土《く》藏《ら》のかげに、一人《ひとり》の氣味《きみ》の惡《わる》い大《おほ》きな男《をとこ》が忍《しの》び足《あし》でそつとやつて來《き》ました。さうしてそこに立停《たちとま》つて、お家《うち》の中《なか》の樣子《やうす》を耳《みゝ》を澄《すま》して聞《き》いてゐました。もう皆《みん》な内《うち》の人《ひと》は寢《ね》たらうか、犬《いぬ》や夜番《よばん》は來《こ》ないだらうかと思《おも》つたのでせう。此男《このをとこ》は泥棒《どろばう》でした。手《て》には一挺《ちやう》の斧《をの》をさへ持《も》つた恐《おそ》ろしい泥棒《どろばう》でした。

泥棒《どろばう》は尚《な》ほ暫《しば》らくじつと立《た》つてゐました。内《うち》の中《なか》は森《しん》として誰《だ》れも起《お》きてゐる樣子《やうす》はありません。泥棒《どろばう》は少《すこ》し安心《あんしん》して、土藏《どざう》の前《まへ》の廊下《らうか》を破《やぶ》つて家《いへ》の中《なか》へ這入《はい》らうと思《おも》ひ、そろ〳〵仕事《しごと》にかゝり始《はじ》めました。

ばりつ〳〵。と板《いた》をはがしにかゝりました。

ばりつ〳〵。板《いた》は少《すこ》しづゝはがれました。

すると何《な》んだか床《ゆか》の下《した》の方《はう》から、うん〳〵と呻《うな》る幽《かす》かな聲《こゑ》がします。はつと思《おも》つて泥棒《どろばう》は板《いた》をはがすのを止《や》めました。するとその呻《うな》る聲《こゑ》も停《とま》りました。又暫《またしば》らくしてばりつ〳〵とはがしにかゝりました。すると又《また》うん〳〵といふ幽《かす》かな呻聲《うなりごゑ》が聞《きこ》えます。はてな、不思議《ふしぎ》だぞと泥棒《どろばう》は思《おも》ひました。こんな處《ところ》に人《ひと》の隠《かく》れてゐる筈《はず》はないし、猫《ねこ》や犬《いぬ》なら、にやんとか、わんとか云《い》ふだらうし、はて不思議《ふしぎ》な事《こと》があるものだと思《おも》ひました。

でも板《いた》をはがしたり、考《かんが》へたりしてゐる内《うち》にとう〳〵這《は》ひ込《こ》める丈《だ》けの穴《あな》が出來《でき》たので、怖《こ》は〳〵泥棒《どろばう》は床下《ゆかした》にもぐり込《こ》んで行《い》つてみました。處《ところ》がどうでせう、そこに一疋《ぴき》の白犬《しろいぬ》が目《め》を光《ひか》らせて苦《くる》し相《さう》にねてゐるではありませんか。もと〳〵犬《いぬ》と泥棒《どろばう》は大《だい》の仲惡《なかわる》ですのに、その犬《いぬ》は泥棒《どろばう》を見《み》ても、幽《かす》かに呻《うな》る許《ばか》りで、大《おほ》きな聲《こゑ》では吠《ほ》えもしません。泥棒《どろばう》は不思議《ふしぎ》に思《おも》ふと一緒《しよ》に、その犬《いぬ》が急《きふ》に可愛《かはい》らしくなりました。俺《おれ》さへ見《み》れば、どこの犬《いぬ》でも直《す》ぐ吠《ほ》えついたり、嚙《か》んだりするのに、この犬《いぬ》はどうしたといふおとな

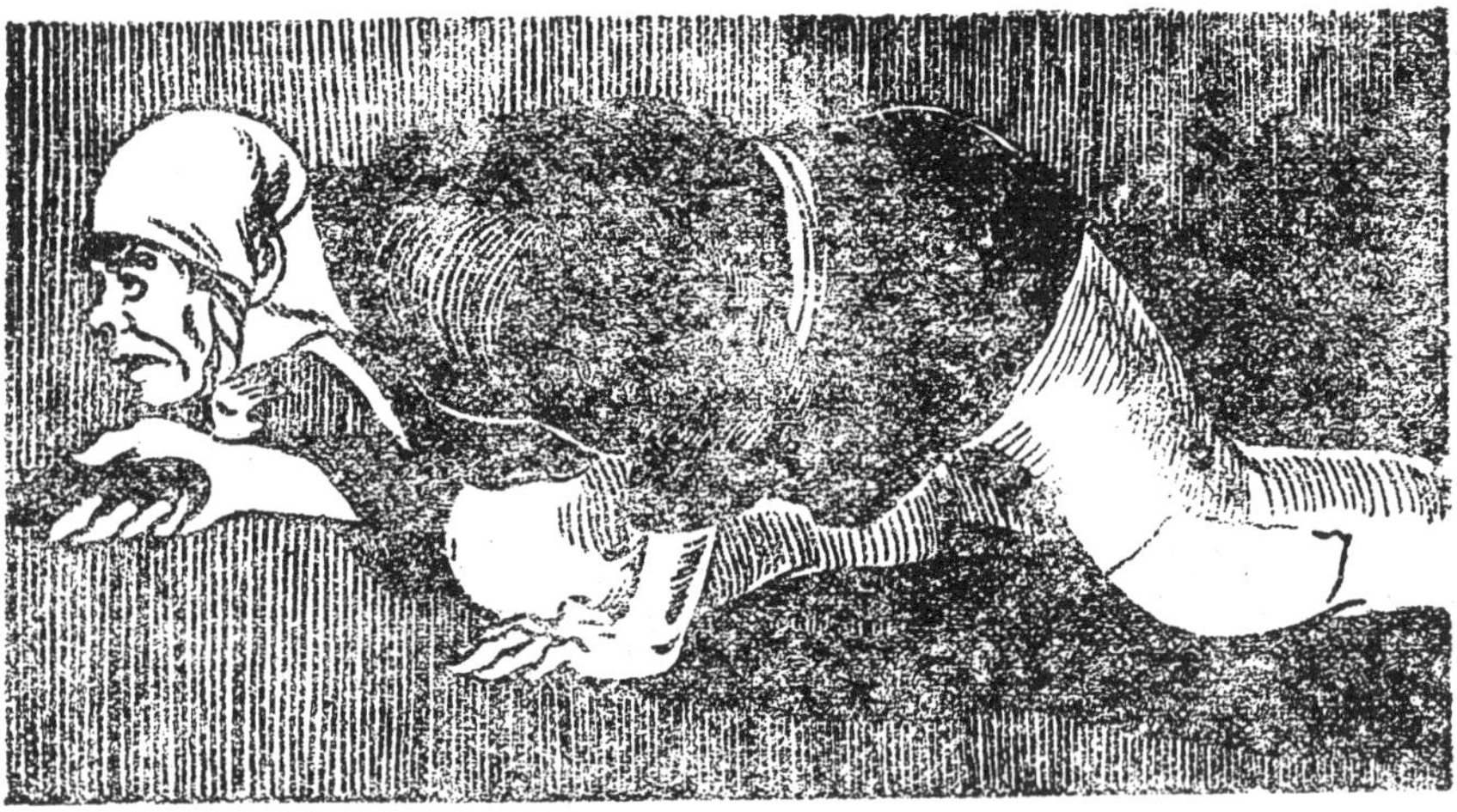

しい犬《いぬ》だ。さういふ懷《なつか》しい心持《こゝろもち》で段々犬《だんだんいぬ》の方《はう》へ近寄《ちかよ》つてみました。近《ちか》づいてみると、白犬《しろいぬ》は吠《ほ》えない筈《はず》です。病氣《びやうき》も何《なに》か、苦《くる》し相《さう》な聲《こえ》を出《だ》して呻《うな》つてゐるのです。泥棒《どろぼう》はもう仕事《しごと》の事《こと》を忘《わす》れて、犬《いぬ》の事許《ことばか》り思《おも》ひました。さうして懷中電燈《くわいちうでんとう》を出《だ》して、暗闇《くらやみ》を照《てら》してみました。どうでせう、病氣《びやうき》かと思《おも》つた白犬《しろいぬ》は、今恰度《いまちやうど》小さな子犬《こいぬ》を生《う》んだ許《ばか》りで、弱《よわ》りきつてゐる所《ところ》でした。一つ二つ三つ、おやまだこゝにもゐる、四つ五つ、おや〳〵まだゐる六つ七つ、七つも生《う》んでゐる。泥棒《どろぼう》はさう云《い》ひながら、まだ動《うご》けもしない死《し》んだやうな子犬《こいぬ》に見《み》とれてゐました。

泥棒《どろぼう》は自分《じぶん》の家《うち》で子供《こども》が生《うま》れた時《とき》の事《こと》を、思《おも》ひ出《だ》してみたりしました。

子犬《こいぬ》は親犬《おやいぬ》が少《すこ》し許《ばか》り掘《ほ》り下《さ》げた、しめつた土《つち》の中《なか》で、あんころ餅《もち》のやうになつて、ごろ〳〵してゐました。泥棒《どろぼう》はこれでは可哀相《かあいさう》だと思《おも》つたので、そつと外《そと》へ這《は》ひ出《だ》し、さつき見《み》て來《き》た物置《ものおき》から、一枚《まい》の蓙《ござ》を持《も》つて來《き》て、子犬《こいぬ》の下《した》に敷《し》いてやりました。そんな事《こと》をしてゐる間《ま》に時《とき》もたち、もうそれから土藏《どざう》を破《やぶ》つた

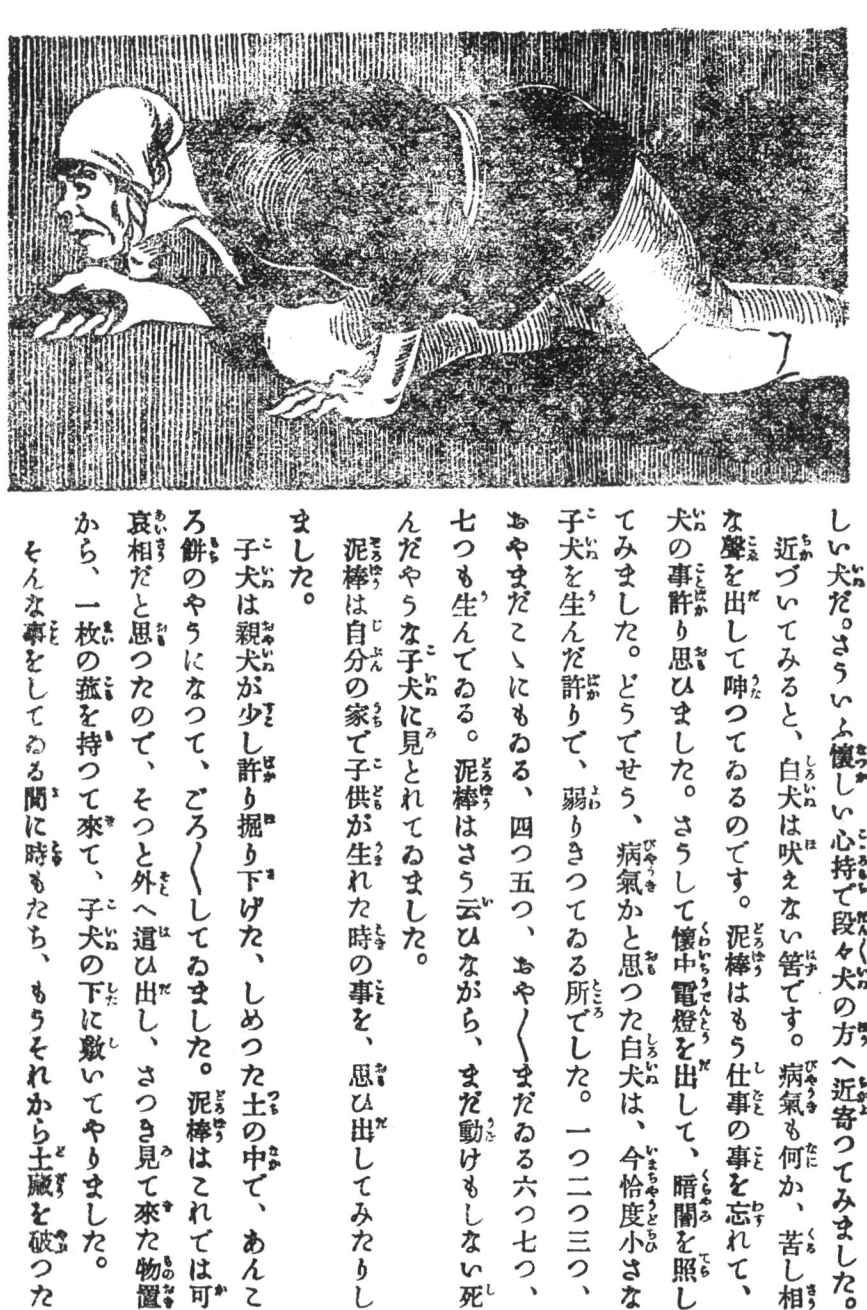

りするのも、面倒《めんだう》になつたので、そのまゝ泥棒《どろばう》は、そつと正夫《まさを》さんの家《うち》の塀《へい》を乗《の》り越《こ》えて、逃《に》げて行《い》つて終《しま》ひました。

二

それから二日《か》たちました。

正夫《まさを》さんがお土藏《くら》の方《はう》へ行《い》く度《たび》に、なんだか床下《ゆかした》で呻《うな》り聲《こゑ》が聞《きこ》えるやうな氣《き》がするのです。

「お母《かあ》さま、お藏前《くらまへ》には何《なに》かゐるやうですね。」

さう云《い》ひますとお母《かあ》さまは、

「そんな筈《はず》はありませんよ。」

とおつしやるのです。

その翌日《あくるひ》も、その翌日《あくるひ》も正夫《まさを》さんは同《おな》じやうに云《い》ひましたけれども、お母《かあ》さまは、そんな筈《はず》はありませんよ。と許《ばか》りおつしやいました。正夫《まさを》さんは少《すこ》し不平《ふへい》でゐました。

三日目《かめ》に正夫《まさを》さんがお藏《くら》の前《まへ》に行《い》くと、床下《ゆかした》ではつきり、きう〱いふ聲《こゑ》が聞《きこ》えてゐます。そこへ女中《ぢよちう》の竹《たけ》も來《き》て、

「ぼつちやま、本統《ほんとう》に何《なに》かこの下《した》にをりますね。」

と云《い》つたので、正夫《まさを》さんは直《す》ぐ又《また》お母《かあ》さまの處《ところ》へ行《い》つて、無理《むり》に手《て》を引張《ひつぱ》つてそこへ連《つ》れて來《き》ました。

「そらご覽《らん》なさい。こんなに何《なに》か鳴《な》いてゐるではありませんか。」

正夫《まさを》さんは得意《とくい》で云《い》ひました。

「あら本統《ほんとう》ね。」

お母《かあ》さまも今度《こんど》は驚《おどろ》いて、

「竹《たけ》この廊下《らうか》の上《あ》げ板《いた》を上《あ》げて這入《はい》つてごらん。」

とおつしやつたので、竹《たけ》は早速《さつそく》さうしました。でも中《なか》が暗《くら》いので、提灯《ちようちん》をつけて這入《はい》つて行《い》きました。

「あら奥様《おくさま》、どこかの白犬《しろいぬ》が、こんな處《ところ》へ子犬《こいぬ》を生《う》んでゐます。」

「おやさう。」

「犬《いぬ》の子《こ》?」

とお母《かあ》さまと正夫《まさを》さんが、思《おも》はず一緒《しよ》に叫《さけ》びました。

「おや〳〵澤山《たくさん》犬《いぬ》の子《こ》が生《うま》れましたこと。一つ二つ……五つ六つ七つ。七つでございます。」

「おや〳〵澤山《たくさん》ね。」

お母《かあ》さまは嬉《うれ》し相《さう》に云《い》ひました。

「どら見《み》せてお呉《く》れ、竹《たけ》や。」

と云《い》ひつた正夫《まさを》さんは、もう嬉《うれ》しくつて夢中《むちう》です。

「あら可愛《かあい》らしい子《こ》でございます、まだ目《め》が見《み》えないで、くんとん云《い》つてをります。」

代《かは》り番《ばん》に犬《いぬ》の子《こ》は廊下《らうか》にはこばれました。黒《くろ》の斑《ぶち》も、赤《あか》の斑《ぶち》も、白《しろ》いのも、狸色《たぬきいろ》のもゐました。皆《み》んな芋蟲《いもむし》のやうによた〳〵して、正夫《まさを》さんの手《て》をなめたり、お母《かあ》さまの膝《ひざ》にのつたりしました。お母《かあ》さまは可愛《かはい》い香《にほひ》がすると云《い》つて、犬《いぬ》の子《こ》の口《くち》の乳臭《ちゝくさ》いのを嗅《か》いでみました。

「奥様《おくさま》」

と竹《たけ》は床下《ゆかした》から顔《かほ》を出《だ》さないで云《い》ひました。

「奥様《おくさま》、犬《いぬ》つて利口《りかう》なものでございますね。菰《こも》を一枚《まい》ちやんと敷《し》いて、その上《うへ》に子供《こども》を皆《み》んな寢《ね》かして置《お》きますのですよ。」

「まさか」

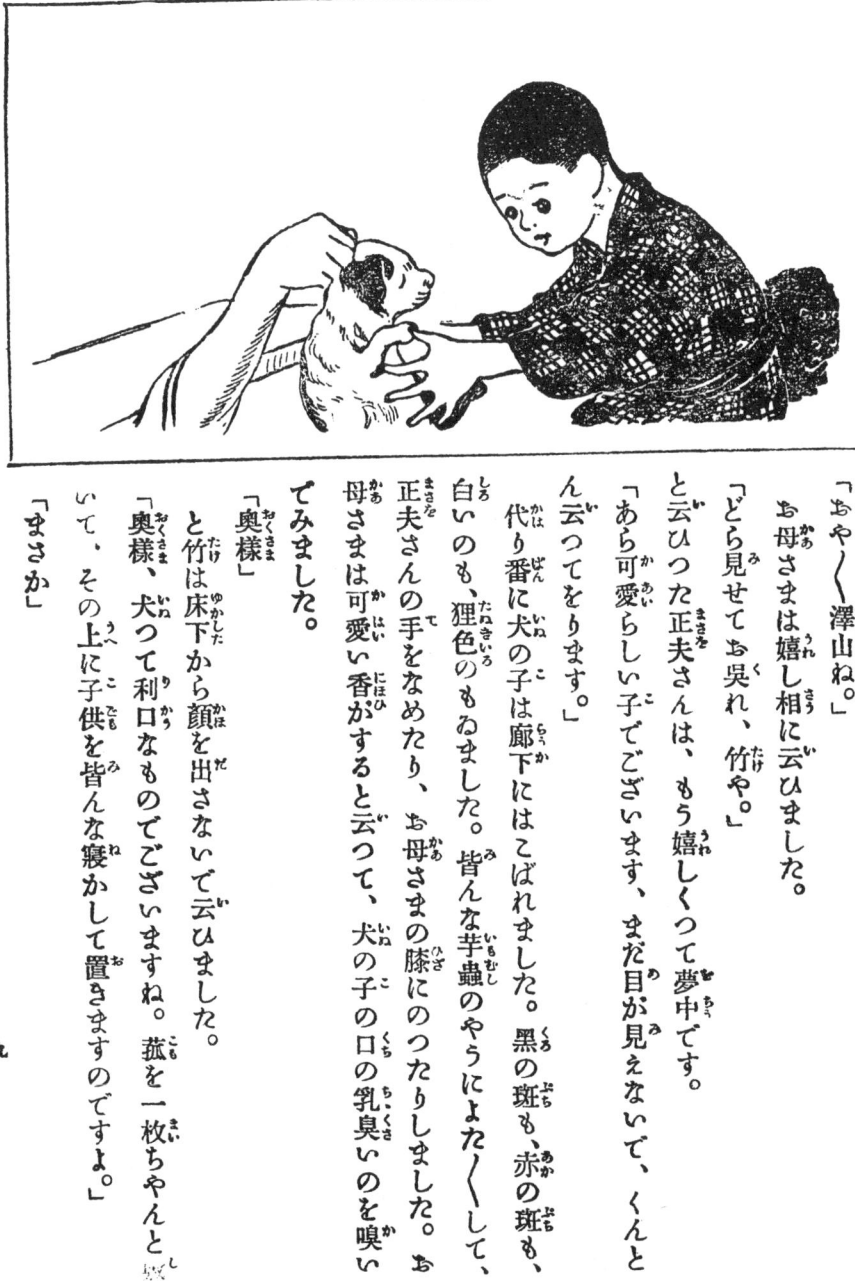

「奥様《おくさま》、まさかとおつしやいますが、本統《ほんとう》でございますよ、どこからどうして、こんな處《ところ》まで菰《こも》をはこんでまゐりましたらう。」竹《たけ》は驚《おどろ》いてゐます。正夫《まさを》さんもお母《かあ》さまも、その話《はなし》には感心《かんしん》しました。

「一體《たい》どこの犬《いぬ》が、どこから這入《はい》つて、こんな處《ところ》でお産《さん》をしたのだらう、本統《ほんとう》に驚《おどろ》いて終《しま》ふわ。」

などゝお母《かあ》さまも呆《あき》れていらつしやいました。

三

それからといふもの正夫《まさを》さんは毎日《まいにち》〱、日《ひ》に幾度《いくど》となくそこをのぞいて、親犬《おやいぬ》に水《みづ》をやつたり、ごぜんをはこんだり、犬《いぬ》の子《こ》を引張《ひつぱ》り出《だ》して無理《むり》に牛乳《ぎうにふ》を飲《の》ませたりして、可愛《かはい》がりましたから、段々《だん〱》犬《いぬ》の子《こ》は大《おほ》きくなつて、肥《ふと》りました。

お客《きやく》でもあればお父《とう》さまも、お母《かあ》さまも、正夫《まさを》さんも、直《す》ぐその犬《いぬ》の子《こ》の話《はなし》をしました。來《く》る人《ひと》も來《く》る人《ひと》も皆《み》んな、そんな處《ところ》で中々《なか〱》犬《いぬ》がお産《さん》をするものではない、もしすれば、それは大變《たいへん》お芽《め》

出《で》たい印《しるし》だ、何《なに》かいゝ事《こと》が近々《ちかぢか》に來《く》る證據《しようこ》だと云《い》ひます、と話《はな》しました。臺所口《だいどころぐち》へ來《く》る出入《でいり》の人々《ひとびと》も、田舍《ゐなか》から來《き》た竹《たけ》のお父《と》つさんも、同《おな》じやうな事《こと》を云《い》つて、お芽出《めで》たがつてゐました。

どんないゝ事《こと》が正夫《まさを》さんの處《ところ》へ來《き》たでせう。正夫《まさを》さんはそれとなくそのいゝ事《こと》の來《く》るのを心持《こゝろま》ちにして、一月《つき》二月《つき》と過《すご》しましたが、別《べつ》に之《これ》と云《い》ふいゝ事《こと》も來《き》ませんでした。犬《いぬ》の子《こ》はもう大《おほ》きくなりました。台所裏《だいどころうら》の犬小屋《いぬこや》から、自由《じいう》に御門《ごもん》の方《はう》へ走《か》けて行《い》つて、いたづら許《ばか》りしました。

どんないゝ事《こと》を犬《いぬ》の子《こ》は持《も》つて來《く》るのでせう。誰《た》れもそれを知《し》りませんでした。それと同《おな》じやうに、犬《いぬ》の子《こ》が生《うま》れた晩《ばん》、あの恐《おそ》ろしい泥棒《どろぼう》が斧《をの》を持《も》つて忍《しの》び込《こ》んだ事《こと》も、菰《こも》を持《も》つて來《き》てそこへ敷《し》いた事《こと》も、未《いま》だに誰《た》れも知《し》りませんでした。

或《あ》る日《ひ》、竹《たけ》はあの晩泥棒《ばんどろぼう》がこはした廊下《らうか》の板《いた》を見《み》つけて、おや親犬《おやいぬ》がこんなひどい事《こと》をしたと小言《こごと》を云《い》ひながら、鐵槌《かなづち》と釘《くぎ》を持《も》つて來《き》てその穴《あな》をふさいで終《しま》ひました。（をはり）

小《こ》猿《ざる》の話《はなし》

大江正野

むかし、丹波《たんば》の山《やま》の奥《おく》に、たつた一人《ひとり》ぼつちで住《す》んでゐる獵人《かりうど》がありました。

いつものやうに、一日中《にちちう》お山《やま》を駈《か》けまはりましたが、小鳥《ことり》一羽《にわ》の獲物《えもの》もありませんでした。獵人《かりうど》はがつかりして、暗《くら》くなりかけた細《ほそ》い山路《やまみち》を、歸《かへ》つて來《き》ました。と、その足音《あしおと》に驚《おどろ》いたらしく、ガサガサと何《なに》か逃《に》げて行《ゆ》くやうな足音《あしおと》がしました。耳《みゝ》の早《はや》い獵人《かりうど》は、すぐに立《た》ちどまつて、音《おと》のした方《はう》をじつと見《み》つめました。すると、つい眼《め》の前《まへ》を一匹《ぴき》の親猿《おやざる》が小猿《こざる》を連《つ》れて、逃《に》げて行《ゆ》くぢやありませんか。『しめたッ』獵人《かりうど》は斯《か》う口《くち》の中《うち》で叫《さけ》びました鐵砲《てつぱう》を肩《かた》から下《おろ》すが早《はや》いか、狙《ねら》ひを定《さだ》めると、ズドーンと大《おほ》きな音《おと》をさせました。

そして、立《た》ちの

ぼる白《しろ》い煙《けむり》の中《なか》に、大《おほ》きな猿《さる》が仆《たふ》れてゐるのを見《み》て、獵人《かりうど》はにつこと笑《わら》ひました。そのお猿《さる》をやつこらさと肩《かた》に擔《かつ》いで、さつさと家《うち》の方《はう》に歩《ある》き出《だ》しました。大分《だいぶ》來《き》てから、ふと後《うしろ》を振《ふ》り返《かへ》りました。と、先刻《さつき》一緒《しよ》にゐた子猿《こざる》が、チヨコチヨコとついて來《く》るのでした。

『おや、先刻《さつき》の子猿《こざる》だ、生《い》けどりにしてやりませう』と、わざと親猿《おやざる》を見《み》せびらかしながら、どんどん歩《ある》きました。子猿《こざる》はそれに追《お》ひすがるやうに小《ちひ》さな足《あし》でヨチヨチとついて來《き》ましたが、やがて獵人《かりうど》の家《うち》が見《み》える處《ところ》まで來《く》ると、どこかへ行《い》つて了《しま》ひました。

獵人《かりうど》は家《うち》に歸《かへ》りました。猿《さる》を庭《には》の隅《すみ》において、自分《じぶん》は莚《むしろ》の上《うへ》に、薄《うす》い布團《ふとん》を敷《し》いて、ぐう〱眠《ねむ》つて了《しま》ひました。

其晩《そのばん》のことです。夜《よ》も大分《だいぶ》更《ふ》けて、何《なん》の音《おと》もする筈《はず》のない頃《ころ》、ふと、ものゝ忍《しの》び込《こ》むやうな音《おと》に獵人《かりうど》はぱつちり目《め》を醒《さま》しました。そして、これはきつと、庭《には》の隅《すみ》のお猿《さる》を、他《ほか》の獸《けだもの》が、餌《ゑ》にする爲《ため》

に、盗《ぬす》みに來《き》たに違《ちが》ひない、と思《おも》ひました。そこで、そつと鐵砲《てつぱう》をひきよせて、薄暗《うすくら》がりの中《なか》に、ぢつと見當《けんたう》をつけました。と、どうでせう。庭《には》の隅《すみ》の方《はう》で、先刻《さつき》の子猿《こざる》が、すゝり泣《な》きながら、小《ちひ》さい手足《てあし》で、しつかりと、親猿《おやざる》を抱《だ》きしめてゐました。親猿《おやざる》は、此小猿《このこざる》の大好《だいす》きな母《かあ》ちやんだつたのです。暫《しばら》くぢつと身動《みうご》きもせずに、見《み》つめてゐた獵《かり》人《うど》の目《め》からは、大《おほ》きな涙《なみだ》がこぼれ落《お》ちました。と思《おも》はず獵人《かりうど》は、手《て》から鐵砲《てつぱう》をとり落《おと》しましたので小猿《こざる》はその音《おと》に驚《おどろ》いて、逃《に》げて行《い》つて了《しま》ひました。

その翌夜《あくるよ》も、又《また》、夜中《よなか》に小猿《こざる》が來《き》て、前《まへ》の夜《よ》と同《おな》じやうに、母《かあ》ちやんの側《そば》にすわつて、撫《な》でたりさすつたりしてゐました。獵人《かりうど》は後悔《こうくわい》しました。可哀《かあい》想《さう》なことをしたと、氣《き》がつきました。けれども死《し》んでゐる親猿《おやざる》を生《い》かして、お山《やま》に返《かへ》してやることも出來《でき》ません。夜《よ》が明《あ》けるのを待《ま》つて町《まち》に持《も》つて行《い》つて賣《う》りました。

その夜《よ》も又《また》、小猿《こざる》が來《き》ました。小猿《こざる》は母《かあ》ちやんの姿《すがた》が見《み》えないので、其處《そこ》ら邊《あたり》を、探《さが》し廻《まは》りました。その翌夜《あくるよ》も、その又翌夜《またあくるよ》も小猿《こざる》は毎夜毎夜《まいよまいよ》獵人《かりうど》の家《うち》に來《き》て、母《かあ》ちやんを探《さが》すのでした。さうして探《さが》しても〳〵、母《かあ》ちやんの姿《すがた》が見《み》えないので小猿《こざる》は、悲《かな》しさうな聲《こゑ》を擧《あ》げて泣《な》きました。獵人《かりうど》は胸《むね》が張《は》り裂《さ》けるやうでした。

小猿《こざる》は、どうしても、諦《あきら》めることが出來《でき》なかつたのでせう、其後《そのご》も、毎夜《まいよ》缺《か》かさず獵人《かりうど》の家《うち》に來《き》て、泣《な》きました。獵人《かりうど》も泣《な》きました。

さうする内《うち》に、小猿《こざる》は大分《だいぶ》獵人《かりうど》に馴《な》れました。夜《よ》の明方《あけがた》まで、獵人《かりうど》の家《うち》に寢《ね》て行《ゆ》くこともありました。獵人《かりうど》は、かうして毎晩《まいばん》來る小猿《こざる》をどんなに氣《き》の毒《どく》に思《おも》つたでせう。それですから、成《な》るたけ小猿《こざる》を驚《おどろ》かさないやうに、そつとしておきました。

獵人《かりうど》は小猿《こざる》の來《く》る頃《ころ》を見計《みはか》らつて、食《た》べものをやつておきました。小猿《こざる》はそれを、おいしさうに食《た》べました。かうして獵人《かりうど》は小猿《こざる》を、自分《じぶん》の子供《こども》のやうに可愛《かは》いがりましたので、子猿《こざる》はすつかり獵人《かりうど》になついて、大《だい》の仲《なか》よしになりました。

子猿《こざる》は、とう〳〵お山《やま》に歸《かへ》ることを忘《わす》れて、獵人《かりうど》の家《うち》の子《こ》になつてしまひました。獵人《かりうど》は、それつきり獵《かり》をやめました。そして、小猿《こざる》と獵人《かりうど》はその後《ご》ながいあひだ、大そう仕合《しあは》せに暮《くら》したといふことです。（をはり）

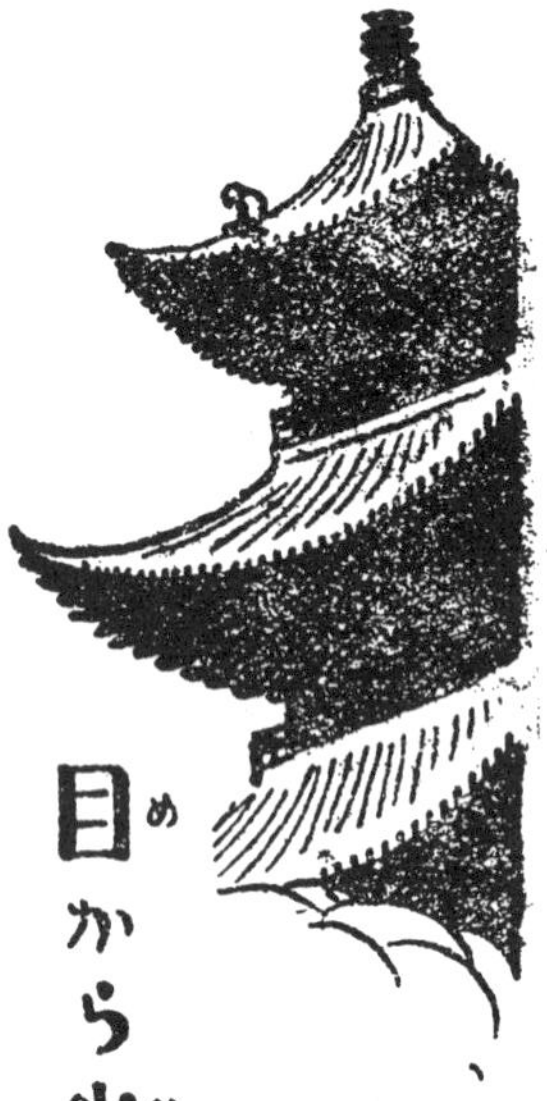

目《め》から火《ひ》が出《で》た

山本作次

上總國《かつさのくに》の大芝《おほしば》といふ所《ところ》に、一人《ひとり》の獵師《れふし》が住《す》んでをりました。毎朝《まいあさ》、暗《くら》いうちに起《お》きて、その前《まへ》の晩《ばん》かけておいた罠《わな》を、見《み》に行《ゆ》くのを樂《たのしみ》にしてをりました。

ある朝《あさ》、いつものやうに、暗《くら》いうちに起《お》きて出《で》かけました。『何《なに》がかかつてゐるだらう。狐《きつね》だらうか、狸《たぬき》だらうか。』など考《かんが》へながら、行《い》つて見《み》ますと、大《おほ》きな狐《きつね》がかゝつてゐました。

『占《し》め〱』と、獵師《れふし》はひとり言《ごと》を言《い》ひながら、狐《きつね》を引《ひ》き上《あ》げて、肩《かた》にかついで、勢《いきほひ》よく歸《かへ》りかけました。

途々《みちみち》、もつとよい獲物《えもの》はないだらうか、と思《おも》ひながら、竹藪《たけやぶ》の前《まへ》へさしかゝりました。すると、そこにまた、貉《むじな》が眠《ねむ》つてゐました。そこで、早速《さつそく》持《も》つてゐた鐵砲《てつぱう》で狙《ねら》ひをつけて、どーんと一發《ぱつ》打《う》ちました。それが、みごとに命中《めいちう》すると、獵師《れふし》はまた、

『占《し》め〱』とひとり言《ごと》を言《い》ひながら、それをも

肩《かた》にかついで、勢《いきほひ》よく歸《かへ》りかけました。

獵師《れふし》はもう、嬉《うれ》しくて、嬉《うれ》しくて、夢中《むちう》になつて歩《ある》きました。で、とう／＼足《あし》をふみはづして、崖《がけ》から落《お》ちました。もう一寸《ちよつと》で、深《ふか》い／＼谷底《たにそこ》へ落《お》ちるところでした。しかし、幸《さいは》ひ手《て》にひつかゝる物《もの》があつたので、それをしつかり摑《つか》むでやう／＼攀《よ》ぢ上《のぼ》つて來《き》ました。ほつと一息《いき》つくと、手《て》にひつかゝつた物《もの》は、何《なん》だつたらうと、よく見《み》ました。それは大《おほ》きな、大《おほ》きな「山《やま》の藷《いも》」でした。獵師《れふし》は急《きふ》に元氣《げんき》づいて、また、『占《し》め／＼』とひとり言《ごと》を言《い》ひながら、それをも

肩《かた》にかついで、勢《いきほひ》よく歸《かへ》りかけました。
獵師《れふし》は、獲物《えもの》のあるたんびに、元氣《げんき》づいて、田《たん》甫《ぼ》のほとりへ出《で》ました。そこには、數《かぞ》へきれないほど澤山《たくさん》な鴨《かも》がゐました。昨夜《ゆふべ》田甫《たんぼ》に降《お》りてゐる間《ま》に、氷《こほり》がはりつめたのでせう。みんな氷《こほり》で脚《あし》を閉《と》ぢられたまま眠《ねむ》つてゐました。これを見《み》た獵師《れふし》はとび上《あが》るほど喜《よろこ》んで、また、
『占《し》め／＼』とひとり言《ごと》を言《い》ひました、そして、氷《こほり》の中《なか》に眠《ねむ》つてゐる鴨《かも》を、一羽《は》づゝ引《ひ》きぬいては腰《こし》にはさみ、引《ひ》きぬいては腰《こし》にはさみして、はさめるだけはさみました。そして

兩手《りやうて》を左右《さいう》に上《あ》げて、腰《こし》にはさんだ鴨《かも》を見《み》まはしながら、

『や、たくさん〳〵』と思《おも》はず大《おほ》きな聲《こゑ》を出《だ》して大喜《おほよろこ》びで出《で》かけました。

そのうちに、夜《よ》が明《あ》けました。太陽《たいやう》は東《ひがし》の空《そら》をまつ赤《か》にそめて、ぐん〳〵と勢《いきほひ》よく昇《のぼ》りました。今《いま》まで眠《ねむ》つてゐた山《やま》や川《かは》は、一時《じ》に目《め》をさましてせい〳〵として來《き》ました。すると、獵師《れふし》の腰《こし》に、一ぱいはさんであつた鴨《かも》も目《め》をさまして一齊《せい》に羽《は》ばたきしました。

『おや、おや』と思《おも》つてる間《ま》に、獵師《れふし》の足《あし》はもう地《ち》を放《はな》れてゐました。そして、だん〳〵高《たか》く高《たか》く上《あが》つて行《ゆ》きました。

『これはしまつた、どうなるんだらう』と、獵師《れふし》は、今《いま》までの元氣《げんき》はすつかりなくしました。そして、蒼白《まつさを》になつて、ぶる〳〵震《ふる》へ出《だ》しました。

ところが、幸《さいはひ》その近《ちか》くに、五重塔《ごぢうのたふ》が聳《そび》えてゐたので、その頂上《てつぺん》に降《お》りることが出來《でき》ました。

これを見《み》た村《むら》の人達《ひとたち》は驚《おどろ》いて、

『獵師《れふし》が天《てん》から降《ふ》つてきた。』と口々《くち〴〵》に言《い》ひながら五重塔《ごぢうのたふ》のまはりに集《あつま》つてきました。澤山《たくさん》々々《〳〵》集《あつ》まつて來《き》ましたが、がや〳〵騒《さわ》ぐばかりで、どうすることも出來《でき》ませんでした。すると、誰《たれ》かが、

『火口綿《ほくちわた》を積《つ》んではどうだ。』と言《い》ひました。

『あゝ、それがいい、それがいい。』と言《い》つて、村《むら》の人達《ひとたち》はみんな火口綿《ほくちわた》をとりに歸《かへ》りました。火口《ほくち》綿《わた》といふのは、その頃《ころ》の人達《ひとたち》が、火《ひ》を起《おこ》すのに使《つか》つた綿《わた》のやうなものです。

やがて、手《て》ん手《で》にもつて來《き》た、澤山《たくさん》な火口綿《ほくちわた》を山《やま》のやうに、五重塔《ごぢうのたふ》の下《した》に積《つ》みました。かうしておけば、五重塔《ごぢうのたふ》の上《うへ》から飛《と》び降《お》りても、痛《いた》くないだらうと思《おも》つたのでした。

さつきから、どうなるんだらうと思《おも》つて、心配《しんぱい》さうに、この様子《やうす》を眺《なが》めてゐました獵師《れふし》は、やつと安心《あんしん》しました。

さて、飛《と》んでみやうと思《おも》つて、獵師《れふし》は下《した》を見《み》ましたが、急《きふ》に恐《こは》くなつて、飛《と》べなくなりました。また、勇氣《ゆうき》を出《だ》して、飛《と》んでみやうと思《おも》つて、下《した》を見《み》ますと、やつぱり恐《こは》くなつて、飛《と》べなくなり

ました。そのうちに、體中《からだぢう》がほてつて、ぢつとしてゐられなくなりました。
て、恐々《こは〴〵》飛《と》びましたが、あんまり恐《こは》かつたので目《め》から火《ひ》を出《だ》しました。火《ひ》はすぐさま、火口綿《ほくちわた》に燃《も》え移《うつ》つて、山《やま》のやうにつまれた火口綿《ほくちわた》は、見《み》る〳〵うちに、燒《や》けました。五重塔《ごぢうのたふ》も、獵師《れふし》も、獲物《えもの》も、すつかり燒《や》けてしまひました。（をはり）

ヂヤックと豆《まめ》の蔓《つる》

(一)豌豆《えんどう》が一粒《つぶ》、お庭《には》に落《お》ちてゐました。翌朝起《よくあさお》きて見《み》たら、豌《えん》豆《どう》に根《ね》が生《は》えて、蔓《つる》が天《てん》までとどく程大《ほどおほき》くなりました。ヂヤックは蔓《つる》を傳《つたは》つて天《てん》へ昇《のぼり》ました。

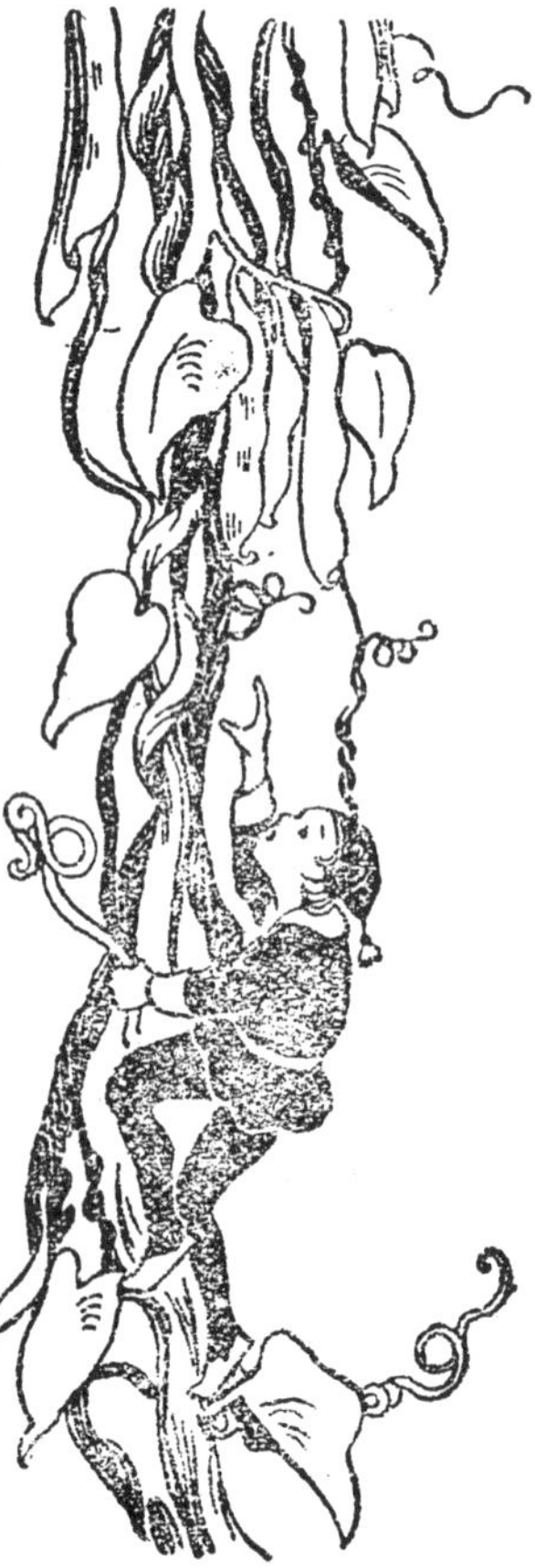

(二)蔓《つる》のてつぺん迄行《までい》つたら不思議《ふしぎ》な國《くに》へ出《で》ました。遠《とほ》くの方《はう》にお城《しろ》が見《み》えました夕方《ゆふがた》になつたので、ヂヤックは泊《と》めても

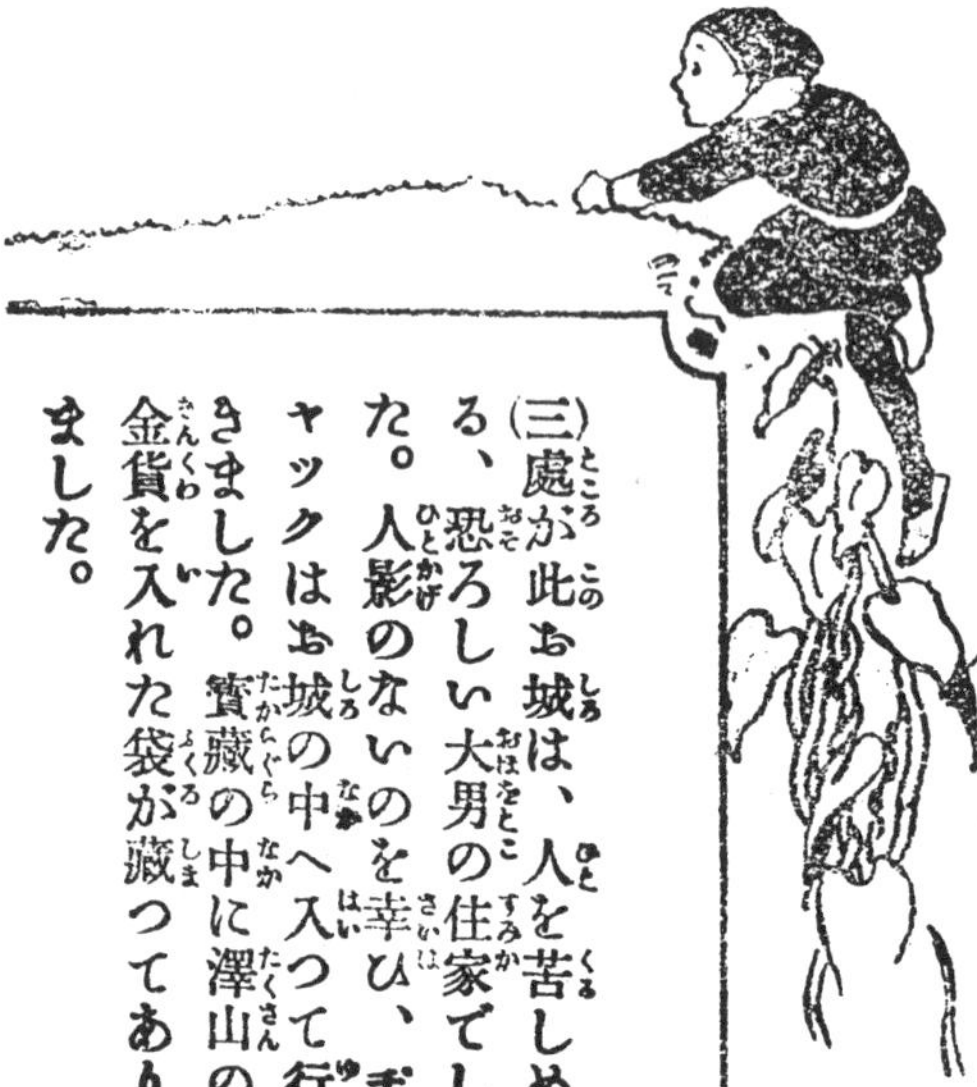

(三)處《ところ》が此《この》お城《しろ》は、人《ひと》を苦《くる》しめる、恐《おそ》ろしい大男《おほをとこ》の住家《すみか》でした。人影《ひとかげ》のないのを幸《さいは》ひ、ヂヤックはお城《しろ》の中《なか》へ入《はい》つて行《ゆ》きました。寶藏《たからぐら》の中《なか》に澤山《たくさん》の金貨《きんくわ》を入《い》れた袋《ふくろ》が藏《しま》つてありました。

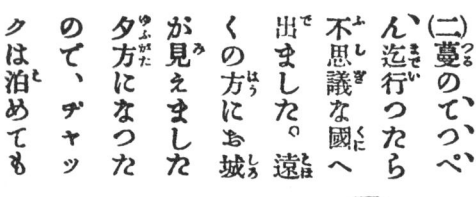

らはうと思《おも》つて、お城《しろ》へ行《ゆ》きました。

（四）『此《こ》の金《かね》を貧乏《びんばふ》な人《ひと》達《たち》に持《も》つて行《い》つてやつたら、どんなにか喜《よろこ》ぶだらう』とヂャックは考《かんが》へて、金貨《きんくわ》の袋《ふくろ》を持《も》つてお城《しろ》の外《そと》へ逃《に》げ出《だ》しました。大男《おほをとこ》が物音《ものおと》を聞《き》きつけて、後《あと》から追《お》ひかけて來《き》ました。

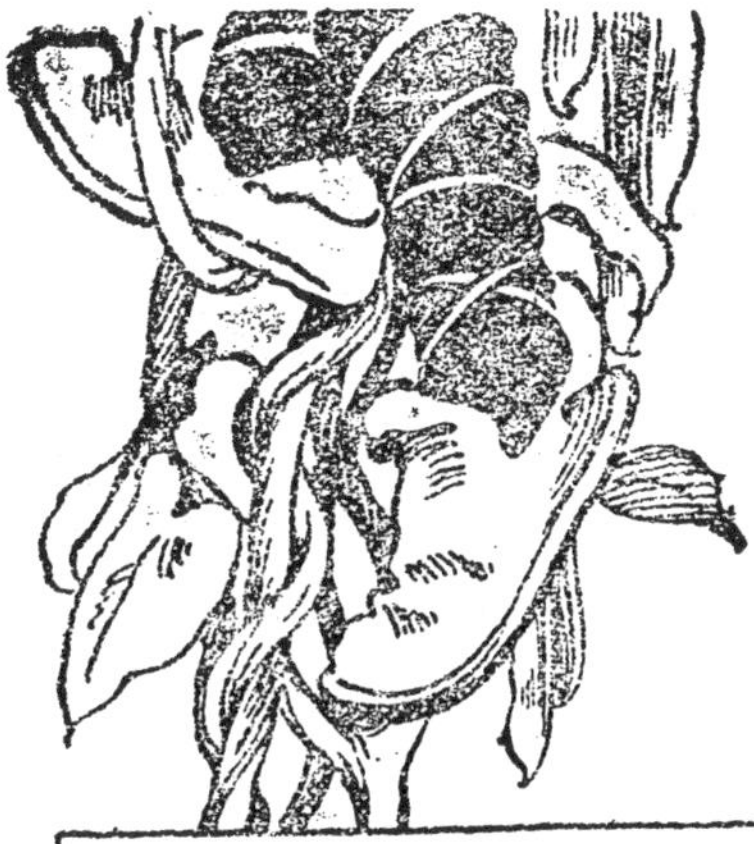

（五）ヂャックと大男《おほをとこ》は豆《まめ》の蔓《つる》を傳《つたは》つて下《お》りて來《き》ました。しかしヂャックの方《はう》が地面《ちめん》へ着《つ》くのが早《はや》かつたので手《て》斧《をの》を持《も》つて來《き》て、豆《まめ》の木《き》を切《き》りました。大男《おほをとこ》はズドーンと地面《ちめん》へ落《お》ちて殺《ころ》されてしまひました。

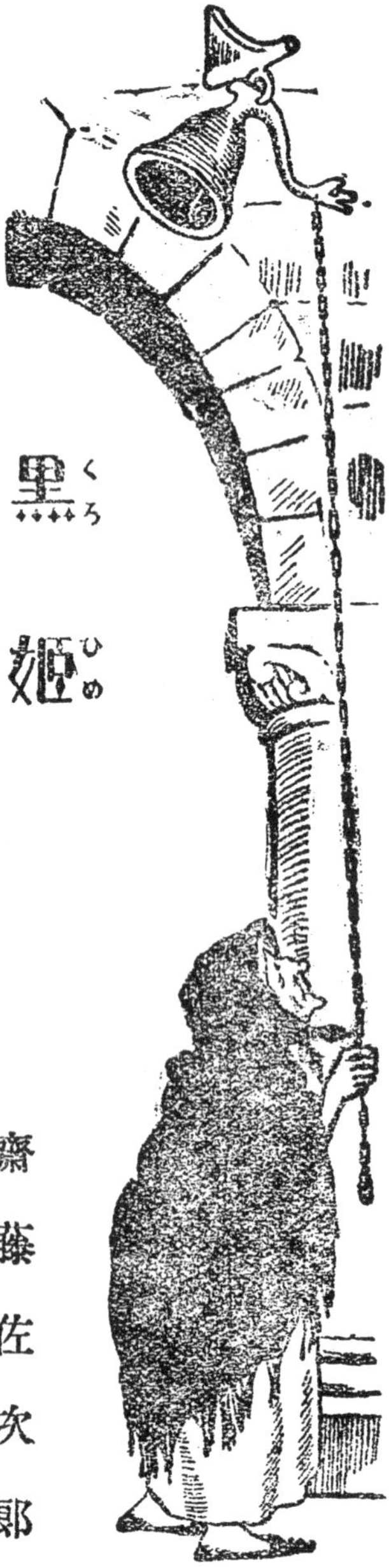

黒《くろ》姫《ひめ》

齋藤佐次郎

一

むかし、或《あ》る國《くに》に王様《わうさま》とお妃《きさき》が、おゐでになりました。王様《わうさま》もお妃《きさき》も大層《たいそう》お年《とし》をとつて居《を》りましたが、お子様《こさま》は一人《ひとり》もありませんでした。

ある晩《ばん》の事《こと》、お妃《きさき》は大《おほ》きなお城《しろ》のお室《へや》に、たゞ獨《ひと》りでおゐでになりましたが、お子様《こさま》が無《な》いので誰《だれ》も心《こゝろ》の底《そこ》から慰《なぐさ》めてあげる方《かた》が、ありませんでした。その上《うへ》、お世継《よつぎ》がないため、御自分《ごじぶん》の國《くに》が此《こ》の先《さ》き誰《だれ》のものになるのか、それさへ分《わか》らないので、お妃《きさき》は泣《な》いておゐでになりました。あんまり悲《かな》しくなつたので、お妃《きさき》は思《おも》はずからおつしやいました。

『あゝ、私《わたし》はたつた一人《ひとり》でいゝから女《をんな》の子《こ》がほしい。子供《こども》でさへあれば、この夜《よる》の様《やう》に眞黒《まつくろ》な子《こ》でもよい。』

と、お妃《きさき》が、おつしやつたかと思《おも》ふと、お城《しろ》の御《ご》門《もん》の鐘《かね》が

カーン、……………カーン、………

と鳴《な》りました。やがて、鐘《かね》の音《ね》が鳴《な》りやむと、お城《しろ》の外《そと》の方《はう》で、

『どうぞ、今夜《こんや》一と晩《ばん》、おとめなすつて下《くだ》さいまし。どうぞ、お泊《と》めなすつて下《くだ》さいまし。』と誰《たれ》かふるへ聲《こゑ》で、言《い》つてゐるのが聞《きこ》えました。此《こ》の夜《よ》更《ふ》けに、誰《たれ》が來《き》たのかとお思《おもひ》になつて、お妃《きさき》はお城《しろ》の御門《ごもん》を開《あ》けて、御覽《ごらん》になりました。ぼろ〳〵の衣服《きもの》を着《き》た、せむしのお婆《ばあ》さんが、お城《しろ》の外《そと》に立《た》つてゐました。お婆《ばあ》さんは、ぶる〳〵とふるへながら『今晩《こんばん》は、戸外《そと》が眞暗《まつくら》でございます。その上《うへ》、今《いま》にも嵐《あらし》になりさうでございます。御慈悲《ごじひ》でどうぞ一と晩《ばん》、お泊《と》めなすつて下《くだ》さいまし。』と、ねがひました。お妃《きさき》は、大層《たいそう》なさけ深《ぶか》い方《かた》ですから、喜《よろこ》んでこの汚《きたな》いお婆《ばあ》さんを、お城《しろ》の中《なか》へ入《い》れました。そして、その晩《ばん》は、泊《と》めておやりになりました。

お日樣《ひさま》が、やうやく東《ひがし》の空《そら》に現《あらは》れたころ、お妃《きさき》の寢《ね》てゐらつしやるお部屋《へや》へ、まぶしい程立派《ほどりつぱ》な姿《すがた》をした女神《めがみ》が、入《はい》つてお出《い》でになりました。女神《めがみ》はお星樣《ほしさま》の樣《やう》にキラ〳〵と光《ひか》る、ベイルをかぶつて居《を》られました。お妃《きさき》がびつくりしてゐますと女神《めがみ》はニコ〳〵と笑《わら》ひながら、かうおつしやいました。

『なさけ深《ぶか》いお妃樣《きさきさま》、あなたは昨晩《ゆふべ》私《わたし》がボロ〳〵の衣服《なり》をして來《き》ましたのに、喜《よろこ》んで泊《と》めて下《くだ》さいました。あなたの樣《やう》に心《こゝろ》の美《うつく》しい方《かた》はありませんそれ故《ゆゑ》、あなたが昨晩《ゆふべ》泣《な》きながらおつしやつた、願《ねがひ》をかなへて上《あ》げませう。私《わたし》はあなたの願《ねがひ》をよく覺《おぼ》えて居《を》ります。あなたは必《かなら》ず、仕合《しあは》せな人《ひと》になれますよ。』と、女神《めがみ》がおつしやいました。しかし、女神《めがみ》のベイルがまぶしい程《ほど》、キラ〳〵光《ひか》るので、お妃《きさき》は、目《め》を開《あ》ける事《こと》も、出來《でき》ませんでした。や

うやくの事《こと》で、目《め》を開《あ》けて御覧《ごらん》になつた時《とき》には、もう女神《めがみ》のお姿《すがた》は何處《どこ》にも見《み》えませんでした。

二

それから暫《しばら》くたつて、お妃《きさき》は炭《すみ》の様《やう》に眞黒《まつくろ》な女《をんな》のお子《こ》をお生《う》みになりました。王様《わうさま》は生《うま》れた王女《わうぢよ》を、一と目《め》御覧《ごらん》になると、びつくりなすつて口《くち》もきけませでした。お妃《きさき》もがつかりしまして、『どうぞ神様《かみさま》お助《たす》け下《くだ》さい。』とおつしやつてはお祈《いの》りをなさいました。すると『星《ほし》のベイルをかぶつた女神《めがみ》』がまた現《あらは》れました。お妃《きさき》が泣《な》いてゐるのを見《み》て、女神《めがみ》がおつしやいました。

『泣《な》くには及《およ》びません、あなたが輕々《かるがる》しく、あの様《やう》な願《ねがひ》を言《い》つたと知《し》りませんでした。それ故《ゆゑ》、私《わたし》はあなたの願《ねがひ》をそのまゝ、かなへて上《あ》げました。もう今《いま》となつては仕方《しかた》がありません。けれど、もし、此《こ》の生《うま》れた姫《ひめ》が、十六の歳《とし》までお城《しろ》の中《なか》から一と歩《あし》も外《そと》へ出《で》なければ、きつとお誕生日《たんじやうび》のあくる日《ひ》に、乳《ちゝ》の様《やう》は眞白《まつしろ》なお姫様《ひめさま》になれます。』

と、女神《めがみ》がおつしやつたので、王様《わうさま》もお妃《きさき》も、やつと御安心《ごあんしん》なさいました。そこで、生《うま》れた王女《わうぢよ》には、黒姫《くろひめ》といふ名《な》をつけて、姫《ひめ》は一と歩《あし》でもお城《しろ》の外《そと》へ出《だ》してはならない、といふおふれを出《だ》しました。

三

黒姫《くろひめ》は十四の歳《とし》まで、何事《なにごと》もなく、大層仕合《たいそうしあは》せに暮《くら》しました。しかし、十五の歳《とし》には、お父様《とうさま》とお母様《かあさま》がお亡《な》くなりになりました。さうして、今《いま》では黒姫《くろひめ》の事《こと》を、少《すこ》しも心配《しんぱい》してくれない。ばあやと一緒《しよ》に暮《くら》すやうになりました。黒姫《くろひめ》も、もう今年《ことし》は十六歳《さい》です。此《こ》の冬《ふゆ》になれば、お誕生日《たんじやうび》が來《き》ますから、さうすれば黒姫《くろひめ》ではなくて、乳《ちゝ》の様《やう》に眞白《まつしろ》なお姫様《ひめさま》になれるのです。

その年《とし》も夏《なつ》になりました。黒姫《くろひめ》はお城《しろ》の外《そと》へ、少《すこ》しも出《で》られないので、泣《な》きそうな顔《かほ》をして、お庭《には》を歩《ある》いてゐました。樹《き》の上《うへ》で唄《うた》をうたつてゐた、椋《むく》鳥《どり》が

『黒姫《くろひめ》さん、黒姫《くろひめ》さん、あなたは何故《なぜ》そんなに悲《かな》しさうな顔《かほ》をしてゐらつしやるのです。』と聞《き》きました。

『私《わたし》はお城《しろ》の外《そと》へ、一歩《ひとあし》も出《で》られないので、悲《かな》しいのです。』と黒姫《くろひめ》が答《こた》へました

それを聞《き》いて、椋鳥《むくどり》がまた言《い》ひますには、

『黒姫《くろひめ》さん、黒姫《くろひめ》さん、もう少《すこ》しの我慢《がまん》です。あと五月《いつつき》たつと、あなたは何處《どこ》へでも、行《い》かれます。

もう少《すこ》しの我慢《がまん》です。』椋鳥《むくどり》が、かう言《い》つて黒姫《くろひめ》とお話《はなし》をしてゐますと、椋鳥《むくどり》の背中《せなか》に乗《の》つてゐた雛《ひな》鳥《どり》が、ひよいと足《あし》をふみ外《はづ》しました。可愛《かあひ》さうに雛鳥《ひなどり》は、ピッピ、ピッピ、と泣《な》きながら、地面《ぢめん》へ落《お》ちて來《き》ました。優《やさ》しい心《こころ》の黒姫《くろひめ》は、すぐに、雛鳥《ひなどり》を拾《ひろ》ひ上《あ》げて、いたわりながら、親鳥《おやどり》の脊中《せなか》へのせてやりました。親鳥《おやどり》は大層《たいそう》よろこんで、

『ありがたうございます、黒《くろ》姫《ひめ》さん。ありがたうございます。何時《いつ》でも御用《ごよう》がありましたら、私《わたし》をお呼《よ》び下《くだ》さいまし。きつとお手助《てだすけ》に參《まゐ》ります。』

と、言《い》ひました。やがて、椋鳥《むくどり》は喜《よろこ》びながら、飛《と》んで行《ゆ》きました。黒姫《くろひめ》は椋鳥《むくどり》の行方《ゆくへ》を眺《なが》めてゐましたが、すぐ傍《そば》に、白《しろ》バラが咲《さ》いてゐたので、それを折《を》らうと思《おも》ひました。すると、バラが悲《かな》しさうな聲《こゑ》を出《だ》しました。黒姫《くろひめ》はかはいさうに思《おも》つて折《を》るのを止《や》めました。そして、言《い》ひました。

『白《しろ》バラさん、私《わたし》が惡《わる》うございました。もう恐《こわが》るには及《およ》びをせん。私《わたし》はあなたを折《な》りません。あなたは、お母様《かあさま》や、お姉《ねへ》さまと一しよに、幸福《しあはせ》にお暮《くら》しなさい。』

バラは大層喜《たいそうよろこ》んで、お辭儀《じぎ》をしました。さうして水晶《するしやう》の樣《やう》な、可愛《かあひ》らしい聲《こゑ》で言《い》ひました。

『黒姫《くろひめ》さん、やさしい心《こゝろ》の黒姫《くろひめ》さん、あなたはいまに、私《わたし》よりも、もつと〳〵きれいなお姫樣《ひめさま》になれますよ。――――そして、私《わたし》がお役《やく》に立《た》ちますなら、何時《いつ》でもお呼《よ》び下《くだ》さいまし。きつとお手助《てだすけ》に參《まい》ります。』

黒姫《くろひめ》は、白《しろ》バラの言《い》ふのを聞《き》いて、大層《たいそう》うれしく思《おも》ひました。それから黒姫《くろひめ》は、お庭《には》の奥《おく》の方《はう》へと行《ゆ》きましたが、上《うへ》の方《はう》を見《み》ると、樹《き》の上《うへ》に青《あを》い蛇《へび》がゐました。蛇《へび》はギヨロツト目《め》を光《ひか》らせて、黒《くろ》姫《ひめ》を呼《よ》びました。

『大馬鹿《おほばか》の大馬鹿《おほばか》の黒姫《くろひめ》さん、なぜそんなに、悲《かな》しさうな顔《かほ》をしてゐるのです。さア、さア、早《はや》くお出《い》でなさい。きれいな世界《せかい》を見《み》せて上《あげ》ますよ。』

と、蛇《へび》がいひましたが、黒姫《くろひめ》は默《だま》つたまゝ考《かんが》へ込《こ》んでゐました。蛇《へび》はまた、

『利口《りこう》の、利口《りこう》の黒姫《くろひめ》さん、早《はや》くこの木《き》に上《のぼ》つてごらんなさい。お城《しろ》の外《そと》が見《み》えますよ。お城《しろ》の外《そと》は何《なん》ときれいな處《ところ》でせう。何《なん》と面白《おもしろ》さうな處《ところ》でせう。早《はや》く、早《はや》く、上《あが》つてお出《い》でなさい。』と、言《い》ひました。あんまりすゝめるものですから、黒姫《くろひめ》は

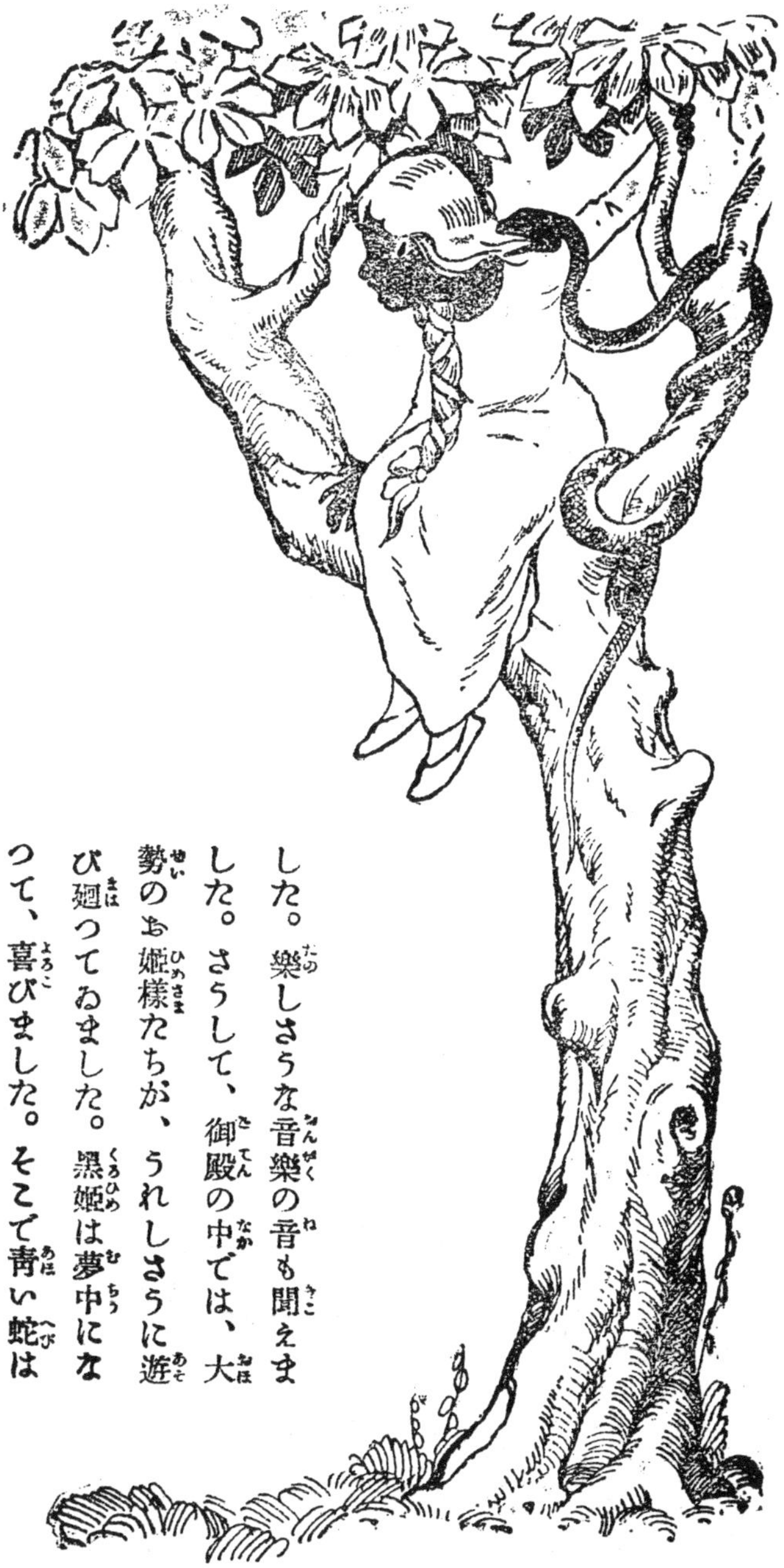

蛇《へび》のいふ通《とほ》り、樹《き》に上《のぼ》つて、お城《しろ》の外《そと》をながめました。すると、遠《とほ》くの方《はう》に、水晶《すゐしやう》の様《やう》に、立派《りつぱ》な御《ご》殿《てん》が見《み》えました。高《たか》い銀《ぎん》の塔《たふ》も見《み》えました。御《ご》殿《てん》のまはりには、きれいな花《はな》が一《いつ》ぱい咲《さ》いてゐました。樂《たの》しさうな音樂《おんがく》の音《ね》も聞《きこ》えました。さうして、御殿《ごてん》の中《なか》では、大《おほ》勢《ぜい》のお姫様《ひめさま》たちが、うれしさうに遊《あそ》び廻《まは》つてゐました。黒姫《くろひめ》は夢中《むちう》になつて、喜《よろこ》びました。そこで青《あほ》い蛇《へび》はまた、

『黒姫《くろひめ》さん、私《わたし》と一しよにお出《い》でなさい。あの御《ご》殿《てん》へつれて行《い》つて、あげますよ。』と言《い》ひました。

（つゞく）

鈴虫《すゞむし》の鈴《すゞ》

野口雨情

鈴虫《すゞむし》、鈴虫《すゞむし》
チンチロリン
鈴《すゞ》何處《どこ》から
持《も》つて來《き》た

母《かゝ》さんお嫁《よめ》に
來《く》るときに
番頭《ばんと》に負《しよ》はせて

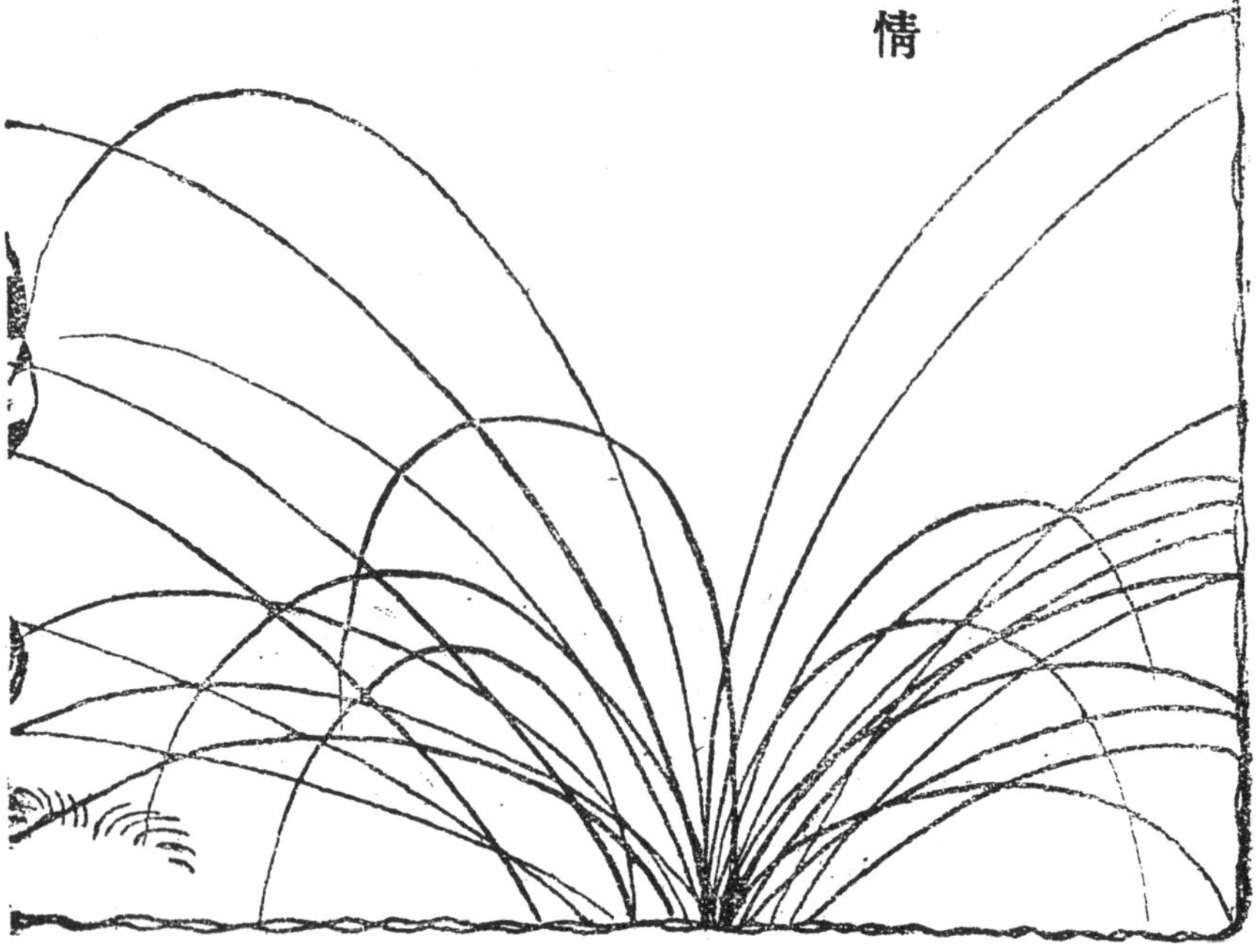

持《も》つて來《き》た
鈴虫《すゞむし》、鈴虫《すゞむし》
チンチロリン
鈴《すーず》ちよつくら
貸《か》して見《み》ろ

貸《か》したら返《かへ》さぬ
あーかんべ
番頭《ばんと》に負《しよ》はせて
やつちやつた

猫《ねこ》おぢの太《た》夫《いふ》

谷光之助

むかし、大和《やまと》の國《くに》に、藤原《ふぢはら》の清廉《きよかど》といふ人《ひと》がありました。大藏太夫《おほくらのたいふ》ともいつてゐましたが、この人《ひと》は、まるで鼠《ねずみ》のやうに、猫《ねこ》を怖《こは》がりました。そこで、惡戲《いたづら》ずきの若者《わかもの》などが、清廉《きよかど》がやつて來《く》るのを待《ま》ち受《う》けて、突然《ひよつくり》その足許《あしもと》へ猫《ねこ》を放《はふ》り出《だ》して喫《びつ》驚《くり》させたりなどしました。そんなに猫《ねこ》が怖《こは》かつたものですから、大切《だいぢ》な大切《だいぢ》な用事《ようじ》で出《で》て來《き》ても、猫《ねこ》を見《み》ると直《す》ぐ、すつかり忘《わす》れてしまふのでした。

るそこで大藏大夫《おほくらのたいふ》とは呼《よ》ばないで、猫《ねこ》おぢの大夫《たいふ》と呼《よ》ぶやうになりました。

清廉《きよかど》は、山城《やましろ》と大和《やまと》と伊賀《いが》の三國《こく》に、澤山《たくさん》の田《た》を作《つく》つてゐました。その頃《ころ》藤原《ふぢはら》の輔公《すけきみ》といふ人《ひと》が、

大和《やまと》の守《かみ》でしたが、清廉《きよかど》は、大和《やまと》の守《かみ》の處《ところ》へちつとも年貢《ねんぐ》を納《をさ》めませんでした。

藤原《ふぢはら》の輔公《すけきみ》は種々《いろ〳〵》と考《かんが》へました。『清廉《きよかど》は、慾《よく》の深《ふか》い人《ひと》だから、とても並大抵《なみたいてい》のことでは、年貢《ねんぐ》を納《をさ》める男《をとこ》ではない、どうしたものだらうか、このまゝにしておいては、益々《ます〳〵》心掛《こゝろが》けの良《よ》くない人《ひと》になつてしまふであらう』と心《こゝろ》を痛《いた》めました。

ある日《ひ》、輔公《すけきみ》は、清廉《きよかど》を自分《じぶん》の家《うち》に招《まね》きました。平常《へいぜい》は物置《ものおき》に使《つか》つてゐる狹《せま》い室《へや》に、輔公《すけきみ》は一人《ひとり》這入《はい》つて、

『清廉《きよかど》が來《き》たら、直《す》ぐこの室《へや》に通《とほ》してくれ、こつそりと話《はな》したいことがあるから』と家來《けらい》に申《まを》しつけました。

やがて、清廉《きよかど》がやつて來《き》ました。清廉《きよかど》が、その狹《せま》い室《へや》の中《なか》に這入《はい》ると、家來《けらい》は外《そと》から、ぴつしやりと戸《と》を締《し》めて行《ゆ》きました。

『今日《けふ》招《まね》いたのは他《ほか》でもない、豫《かね》て、年貢《ねんぐ》を納《をさ》めるやうに、度々《たび〳〵》申《まを》し付《つ》けたのに、未《いま》だに納《をさ》めないのは、一體《たい》どうしたことなのか』と輔公《すけきみ》は嚴《おごそ》かに問《と》ひつめました。是《こ》れまで、幾度《いくたび》催促《さいそく》を受《う》けても知《し》らぬ顔《かほ》をしてゐる程《ほど》の清廉《きよかど》ですから、さう驚《おどろ》きもしませんでした。

『何《なに》しろ、此國《このくに》一國《こく》のことでございませんので、山城《やましろ》のことも、伊賀《いが》のことも、それ〳〵、心配《しんぱい》しなくてはなりません。』と云《い》ひわけをしました。

『それは、よく分《わか》つてゐる、そして山城《やましろ》や伊賀《いが》の分《ぶん》はもうすんだのか』と輔公《すけきみ》は聞《き》き返《かへ》しました。

『どういたましして、何處《いづこ》もまだで御座《ござ》います。今年《ことし》の秋《あき》には、みんな濟《すま》してしまふ積《つも》りでございます。あなたの仰《おつ》しやることは、何《なん》でも背《そむ》きはいたしません、譬《たと》ひ百萬石《ごく》、千萬石《ごく》でも、お納《なさ》めいたします。』と口先《くちさき》では、上手《じやうづ》に申《まを》しましたが、心《こゝろ》の中《うち》では『年貢《ねんぐ》の催促《さいそく》をするなんて、この人《ひと》は貧乏《びんぼふ》なのかも知《し》れぬ、馬鹿《ばか》〳〵しい。』と思《おも》ひました。そこで、

『兎《と》に角《かく》、歸《かへ》つて勘定《かんぢやう》をいたしまして、この月《つき》の内《うち》に、納《をさ》めることにいたしませう。』と、出《で》たらめをいひました。

『いや、そのやうな言葉《ことば》を信《しん》ずることは出來《でき》ぬ、今此處《いまこゝ》で、直《す》ぐ納《なさ》めると云《い》ふ證文《しようもん》を書《か》いて貰《もら》ひたい』と輔公《すけきみ》はいひました。

『それでは、家《うち》に歸《かへ》つて、證文《しようもん》を書《か》いて參《まゐ》りませう』と清廉《きよかど》は答《こた》へました。そしてニヤリ〳〵笑《わら》ひながら、輔公《すけきみ》の顏色《かほいろ》を見《み》てゐましたので、輔公《すけきみ》はもう勘辨《かんべん》が出來《でき》ぬと思《おも》ひました。

『おい〳〵、先刻《さつき》云《い》ひつけて置《お》いたものを、持《も》つておいで』と輔公《すけきみ》がいひますと、家來《けらい》のものが五六人《にん》、戶《と》の外《そと》から

『持《も》つて參《まゐ》りました。』と答《こた》へました。

『戶《と》を開《あ》けて中《なか》へ入《い》れるのだ』と輔公《すけきみ》が申《まを》しますと、一尺《しやく》ばかりもある灰色《はいいろ》の斑猫《ぶちねこ》が五匹《ひき》、狹《せま》い室《へや》の中《なか》に這入《はい》つて來《き》て『ニヤー、ニヤー』と鳴《な》きながら、清廉《きよかど》の袖《そで》を嗅《か》いだり、膝《ひざ》にすり寄《よ》つたりしました。清廉《きよかど》は見《み》る〳〵、顏色《かほいろ》が蒼白《まつさを》になつて、

目《め》からは大粒《おほつぶ》の涙《なみだ》をぼろ〳〵とこぼしました。

『どうぞ御生《ごしやう》ですから猫《ねこ》を彼方《あつち》にやつて下《くだ》さい。』

と云《い》つて、手《て》を合《あは》せて輔公《すけきみ》を拝《をが》みました。

『それでは、今證文《いましようもん》を書《か》くか』と
輔公《すけきみ》が詰《なじ》りますと、

『書《か》きます〳〵』と、ふるえ聲《ごゑ》で云《い》つたので、輔公《すけきみ》は家來《けらい》にいひつけて、五匹《ひき》の猫《ねこ》を戸《と》の外《そと》につながせました。もし又《また》、證文《しようもん》を書《か》かぬといふなら、直《す》ぐに猫《ねこ》を室《へや》に入《い》れるやうにして置《お》きました。

『硯《すゞり》を持《も》つておいで』と輔公《すけきみ》が家《け》來《らい》に申《まを》しつけました。硯《すゞり》と紙《かみ》とが清廉《きよかど》の前《まへ》におかれました。清廉《きよかど》は冷汗《ひやあせ》で、びつしよりになつてゐました。

『納《をさ》めて貰《もら》ふ年貢《ねんぐ》は、五百七十石餘《こくあま》りだから、その内《うち》、七十餘石《よこく》は家《うち》に歸《かへ》つて、勘定《かんぢやう》をしてからでいゝから、五百石《こく》は、今直《います》ぐ納《をさ》めるといふ證文《しようもん》を書《か》いて貰《もら》ひたい。書《か》かぬなら、先刻《さつき》の猫《ねこ》を、又《また》お目《め》に掛《か》けよう。』

と、輔公《すけきみ》はいひました。
『いや、書《か》きます〳〵』
と、清廉《きよかど》が眞青《まつさを》になつていひました。
そこで、流石《さすが》の慾深《よくふか》の清廉《きよかど》も、猫《ねこ》が怖《こは》いばつかりに、大和《やまと》の國《くに》、宇陀《うだ》の郡《こほり》の家《うち》にある、稲《いね》、米《こめ》、籾《もみ》の三種《しゆ》で五百石《こく》、直《す》ぐに納《をさ》めるといふ證文《しようもん》を書《か》きました。輔公《すけきみ》は家《け》來《らい》のものを呼《よ》んで、其證文《そのしようもん》を渡《わた》し清廉《きよかど》と同道《どうだう》して、清廉《きよかど》の家《うち》にある稲《いね》、米《こめ》、籾《もみ》を五百石《こく》持つて歸《かへ》らせました。

（をはり）

神様《かみさま》の御褒美《ごはうび》

志谷波郎

昔《むかし》、あるところに、リラとクララといふ二人《ふたり》の姉妹《きやうだい》がありました。姉《あね》のリラは、その氣質《きだて》も、容《き》色《りやう》もお母《かあ》さんそつくりでした。お母《かあ》さんも、リラも、あまり心《こゝろ》がけがよくなかつたので、皆《みんな》に嫌《きら》はれてゐました。しかし妹《いもうと》のクララは、お父《とう》さんそつくりで、なさけ深《ぶか》くて、親切《しんせつ》で、それは〳〵可《か》愛《はい》らしい少女《せうぢよ》でした。似《に》たものは、お互《たがひ》に好《す》きになるもので、お母《かあ》さんは、姉《あね》のリラばかり可愛《かはい》がつて、妹《いもうと》のクララを可愛《かはい》がりませんでした。

お母《かあ》さんは、リラには、我儘《わがまゝ》一ぱいのことさせてをきますが、クララには、一日中《にちぢゆう》働《はたら》かせました。とりわけ、お家《うち》から半里《はんり》もある遠《とほ》い泉《いづみ》へ、大《おほ》きな瓶《かめ》をもつて、水《みづ》を汲《く》みにやりました。

ある日《ひ》、クララが、その泉《いづみ》で水《みづ》を汲《く》んでゐますと、一人《ひとり》のきたないぼろ〳〵の服裝《なり》をしたお婆《ばあ》さんが、來《き》ました。そして、水《みづ》を飲《の》まして下《くだ》さいと頼《たの》みました。

『お婆《ばあ》さん、ようございますとも、澤山《たくさん》お飲《の》みなさい。』とクララは申《まを》しました。そして、すぐ瓶《かめ》をゆすいで、泉《いづみ》の一ばんきれいなところを、汲《く》んで上《あ》げました。その上《うへ》、お婆《ばあ》さんが、樂《らく》に水《みづ》を飲《の》めるやうに、お婆《ばあ》さんの飲《の》んでゐる間《あひだ》中《ちゆう》、その瓶《かめ》を、ぢつと支《さゝ》へてゐました。

お婆《ばあ》さんは、水《みづ》を飲《の》んでしまふと、

『あゝお前《まへ》さんはほんとうに、感心《かんしん》な娘《むすめ》さんですね。御《ご》褒美《はうび》にいゝものを上《あ》げませう。』と言《い》ひました。このきたないお婆《ばあ》さんは、ほんとうは、神様《かみさま》なのです。クララがどれだけ親切《しんせつ》だかをためすために、わざと、こんな服装《なり》をして、おいでになつたのです。

『私《わたし》は、お前《まへ》さんが口《くち》をきく度《たび》に、花《はな》だの、寶石《はうせき》だのが、口《くち》から出《で》るやうにして上《あ》げませう。』とお婆《ばあ》さんが言《い》ひました。

クララがお家《うち》へ歸《かへ》ると、お母《かあ》さんは、クララの歸《かへ》りがおそいといつて、大層叱《たいそうしか》りました。

『お母《かあ》さん、おそくなつてすみません。』とクララが言《い》ひした。すると、その言《こと》葉《ば》とともに、二つのバラの花《はな》と、二つの眞珠《しんじゆ》と、二つのダイヤモンドが口《くち》から出《で》ました。

『おや、どうしたの、この眞珠《しんじゆ》とダイヤは……』

とお母《かあ》さんが、びつくりして問《と》ひました。

　そこで、クララはありのまゝを、つゝまずお話《はなし》しました。その度《たび》に、澤山《たくさん》なダイヤモンドが口《くち》から出《で》ました。

　お母《かあ》さんは、クララの話《はなし》を聞《き》いた後《あと》で言《い》ひました。

『まあ、そんな事《こと》だつたら、姉《ねえ》さんのリラをやるんだつたに。リラ、一寸《ちよつと》來《き》てごらん。クララが口《くち》をきく度《たび》に、こんなものが口《くち》から出《で》るんだよ。お前《まへ》もこれからすぐ、泉《いづみ》へ行《い》つて、水《みづ》を汲《く》んでお出《いで》。そしてね、もしか、きたない服装《なり》のお婆《ばあ》さんが來《き》て、水《みづ》を飲《の》みたいとおつしやつたら、丁寧《ていねい》に、水《みづ》を飲《の》ましてお上《あ》げ。だけど、きれいな女《をんな》が來《き》たら、かまはないで、放《ほう》つておくんだよ。さあ、早《はや》く行《い》つてお出《い》で。』

　リラはブツ〳〵言《い》ひながら、お家《うち》にしまつてあつた、一ばんきれいな銀《ぎん》の壜《びん》をもつて行《ゆ》きました。リラが、泉《いづみ》へつくかつかないかに、大層《たいそう》きれいに着飾《きかざ》つた貴婦人《きふじん》が、森《もり》の中《なか》から出《で》て來《き》て、水《みづ》を飲《の》まして下《くだ》さいと頼《たの》みました。

　この貴婦人《きふじん》は、さつき妹《いもうと》のクララが出《で》あつた神様《かみさま》なのです。リラがどれだけ不親切《ふしんせつ》だかを、ためさうと思《おも》つて、わざと、お后《きさき》のやうな服装《なり》をしてお出《い》でになつたのです。

　ところが、リラは言《い》ひました。

『何《なん》です、水《みづ》をおくれつて。私《わたし》はあなたのために、水《みづ》を汲《く》みに來《き》たのではありませんよ。飲《の》みたければ、勝手《かつて》にお飲《の》みなさい。』

　まあ、随分《ずゐぶん》不親切《ふしんせつ》な娘《むすめ》さんですね。では、お前《まへ》さんが口《くち》をきく度《たび》に、嫌《いや》なものが口《くち》から出《で》るやうにして上《あ》げやう。』と、貴婦人《きふじん》がいつたかと思《おも》ふと、その姿《すがた》が見《み》えなくなりました。

リラがお家《うち》へ歸《かへ》ると、お母《かあ》さんは喜《よろこ》んで、

『おゝ、リラどうでした。』と尋《たづ》ねました。で、
リラが
『ねえ、お母《かあ》さん……』と言《い》つて答《こた》へやうとしますと、二匹《ひき》の蟇《がま》が、口《くち》からとび出《だ》しました。

お母《かあ》さんはびつくりして、

『あら、まあ、どうしたの』

と思《おも》はず叫《さけ》びました。そして、これは妹《いもうと》のクララが惡《わる》いからだと思《おも》つて、クララをぶたうとしました。クララは大層悲《たいそうかな》しんで、近所《きんじよ》の森《もり》の中《なか》へ逃《に》げて行《ゆ》きました。

丁度《ちやうど》その時《とき》、この國《くに》の王樣《わうさま》が 狩獵《かり》の歸《かへ》りに、そこをお通《とほ》りになつて、クララをご覽《らん》になりました。王樣《わうさま》は、

『何故《なぜ》、そんな所《ところ》で、ひとり泣《な》いてゐるのか。』
とお尋《たづ》ねになりました。
『お母《かあ》さんに叱《しか》られたのです。』とクララが答《こた》へますと、その言葉《ことば》とともに、五つも、六つもの、眞珠《しんじゆ》や、ダイヤモンドが口《くち》から出《で》ました。王樣《わうさま》は驚《おどろ》いて、いろ〳〵とお尋《たづ》ねになりました。で、クララは、そのわけを、すつかりお話《はなし》しました。王樣《わうさま》は大層可哀《たいそうかあい》さうにお思《おも》ひになつてクララを御自分《ごじぶん》の立派《りつぱ》な御殿《ごてん》へおつれになりました。そしてその後《のち》、クララを王女《わうぢよ》になさいました。これはクララの心《こゝろ》がけがよかつたから、神樣《かみさま》の御褒美《ごはうび》なのでした。
さて、姉《あね》のリラの方《はう》はどうなつたのでせう。あんまり嫌《いや》なものが、口《くち》からとび出《だ》すので、お母《かあ》さんにも嫌《きら》はれてしまひました。　（をはり）

三疋《びき》の小《こ》兎《うさぎ》

山口光次郎

年《とし》をとつた、親兎《おやうさぎ》がをりました。親兎《おやうさぎ》には三疋《びき》の子供《こども》がありました。三疋《びき》とも大層大《たいそうおほ》きくなつたので、食物《たべもの》も澤山《たくさん》たべる様《やう》になりました。それが為《た》め、兎《うさぎ》のお母《かあ》さんは皆《みんな》にやるだけの食物《たべもの》が、無《な》くなつてしまつたので、ある日《ひ》の事《こと》、子供達《こどもたち》を呼《よ》び集《あつ》めて

『お前《まへ》さん達《たち》は、もう大《おほ》きいのだから、お母《かあ》さんの世話《せわ》にならずに暮《くら》して行《ゆ》けるでせう。これからは、お家《うち》も自分《じぶん》でこしらへなさい、食物《たべもの》も自分《じぶん》でお探《さが》しなさい。』

と、言《い》ひきかせました。

三疋《びき》の小兎《こうさぎ》は、お母《かあ》さんのいひつけをよく守《まも》りました。めい〳〵に懐《なつか》しいお家《うち》を離《はな》れて、廣《ひろ》い世界《せかい》へ出《で》て行《ゆ》きました。

一番《ばん》はじめに出《で》かけて行《い》つた小兎《こうさぎ》は、途中《とちゆう》でわらを持《も》つた人《ひと》にあひました。此《こ》の小兎《こうさぎ》は怠《なま》け者《もの》でしたから、それからさき道《みち》を歩《ある》くのは、いやだと思《おも》ひました。そこで、其《そ》の人《ひと》にわらをもらつて、お家《うち》をこしらへました。

その晩《ばん》、狼《おほかみ》が出《で》て來《き》ました。小兎《こうさぎ》のお家《うち》は、わらで出來《でき》てゐますから、すぐに壞《こは》されてしまひました。そして小兎《こうさぎ》は、狼《おほかみ》に食《た》べられてしまひました。

二番目《ばんめ》に出《で》かけて行《い》つた小兎《こうさぎ》は、少《すこ》しは働《はたら》き者《もの》でした。この兎《うさぎ》もわらを持《も》つた人《ひと》にあひましたが、それをもらはずにもう少《すこ》し行《ゆ》くと、竹《たけ》を持《も》つた人《ひと》にあひました。そこで小兎《こうさぎ》は、竹《たけ》をもらつてお家《うち》をこしらへました。ところが、その晩《ばん》、また狼《おほかみ》が出《で》て來《き》ました。二番目《ばんめ》の小兎《こうさぎ》のお家《うち》は竹《たけ》で出來《でき》てゐますから、すぐには壞《こは》れませんでした。しかし、長《なが》く持《も》ちこたへるだけの力《ちから》はありませんから、程《ほど》なく壞《こは》されてしまひました。そして小兎《こうさぎ》は、恐《おそ》ろしい狼《おほかみ》に食《た》べられてしまひました。

三番目《ばんめ》に出《で》かけて行《い》つた小兎《こうさぎ》は、大層働《たいそうはたら》き者《もの》でした。この兎《うさぎ》もわらを持《も》つた人《ひと》にあひました。次《つぎ》には竹《たけ》を持《も》つた人《ひと》にあひました。しかし此《こ》の小兎《こうさぎ》は、わらや竹《たけ》でお家《うち》を作《つく》つても、弱《よわ》くて役《やく》に立《た》たない事《こと》を知《し》つて居《を》りました。そこで、遠《とほ》くの方《はう》まで行《ゆ》きました。すると、煉瓦《れんぐわ》を持《も》つた人《ひと》にあひました。これなら大丈夫《だいぢやうぶ》だと思《おも》つて、小兎《こうさぎ》は煉瓦《れんぐわ》を持《も》つた人《ひと》にかういひました。

『どうぞ、私《わたし》にその煉瓦《れんぐわ》を下《くだ》さい、私《わたし》のお家《うち》をこしらへるのですから。』その人《ひと》はすぐに煉瓦《れんぐわ》をくれました。小兎《こうさぎ》はそれでお家《うち》をこしらへました。

間《ま》もなく晩《ばん》になつたので、狼《おほかみ》が出《で》て來《き》ました。そして、外《ほか》の小兎《こうさぎ》にいつたと同《おな》じ様《やう》なことを言《い》ひました。

『小兎《こうさぎ》さん、小兎《こうさぎ》さん、私《わたし》を中《なか》へ入《い》れておくれ。』

『だめだよ、だめだよ。お前《まへ》なんか入《い》れたら大變《たいへん》だ。』と、小兎《こうさぎ》がいひました。

『よし、覺《おぼ》えてゐろ、お前《まへ》の家《うち》を打《ぶ》ち壞《こは》してやるぞ。』狼《おほかみ》はかうどなりながら、お家《うち》をゆすぶりました。いくども、いくども、ゆすぶりました。けれども、此《こ》の小兎《こうさぎ》のお家《うち》は、煉瓦《れんぐわ》で出來《でき》てゐますから、なか〳〵倒《たふ》れません。いくら一生《しやう》けんめいにやつても倒《たふ》れないものだから、とう〳〵狼《おほかみ》がかういひました。

『小兎《こうさぎ》さん、僕《ぼく》はネ、いゝ大根畑《だいこんばたけ》のある處《ところ》を知《し》つてゐるよ。』

『何處《どこ》だネ。』と、小兎《こうさぎ》がきゝました。

『それ、權兵衞《ごんべゑ》さんの畑《はたけ》さ。もしお前《まへ》さんが朝《あさ》の六時《じ》に支度《したく》をして待《ま》つてゐれば、きつと迎《むか》ひに來《き》てやるよ。ネ、さうして一緒《しよ》に行《ゆ》かうぢやないか。』

『それはいゝだらう。』と、小兎《こうさぎ》も答《こた》へました。しかし、小兎《こうさぎ》は約束《やくそく》の時《じ》間《かん》よりも一時間《じかん》早《はや》く五時《じ》に起《お》きました。さうして、すぐに權兵衛《ごんべゑ》さんの畑《はたけ》へ行《い》つて、大根《だいこん》を引拔《ひきぬ》いて來《き》ました。六時《じ》になつて狼《おほかみ》が來《き》た時《とき》には、小兎《こうさぎ》は自分《じぶん》のお家《うち》の中《なか》にちやんと歸《かへ》つて來《き》てをりました。

『小兎《こうさぎ》さん、支度《したく》は出來《でき》たかい。』と、狼《おほかみ》がきゝました。すると、小兎《こうさぎ》がいひますには、

『仕度《したく》は出來《でき》てゐるともネ、僕《ぼく》はとつくの昔《むかし》に行《い》つて歸《かへ》つて來《き》たのだもの、お晝《ひる》に食《た》べるつもりで、もう澤山《たくさん》に大根《だいこん》をとつて來《き》てあるよ。』

狼《おほかみ》は大層怒《たいそうおこ》りました。しかし、どうかして小兎《こうさぎ》をつかまへて、食《た》べたいと思《おも》ひましたから、我慢《がまん》をしてまた言《い》ひました。

『小兎《こうさぎ》さん、僕《ぼく》はおいしい林檎《りんご》の樹《き》のある處《ところ》を知《し》つてゐるよ。』

『何處《どこ》だネ。』と、小兎《こうさぎ》がたづねました。

『庄屋《しやうや》さんの庭《には》だよ、僕《ぼく》はネ、明日《あした》の五時《じ》に君《きみ》を迎《むか》ひに來《く》るから、一緒《しよ》に行《ゆ》かうぢやないか。さうして、おいしい林檎《りんご》を食《た》べようよ。』しかし、小兎《こうさぎ》は翌朝《あくるあさ》四時《じ》に起《お》きました。さうして、狼《おほかみ》がやつて來《く》るよりも前《まへ》に林《りん》檎《ご》をとりに出《で》かけて行《ゆ》きました。今度《こんど》は少《すこ》し遠《とほ》くまで、行《ゆ》かなければなりませんでした。それが爲《た》め、小兎《こうさぎ》がちやうど林檎《りんご》の樹《き》から降《お》りやうとした時《とき》に、狼《おほかみ》のやつて來《く》るのが見《み》えました。小兎《こうさぎ》はびつくりしました。

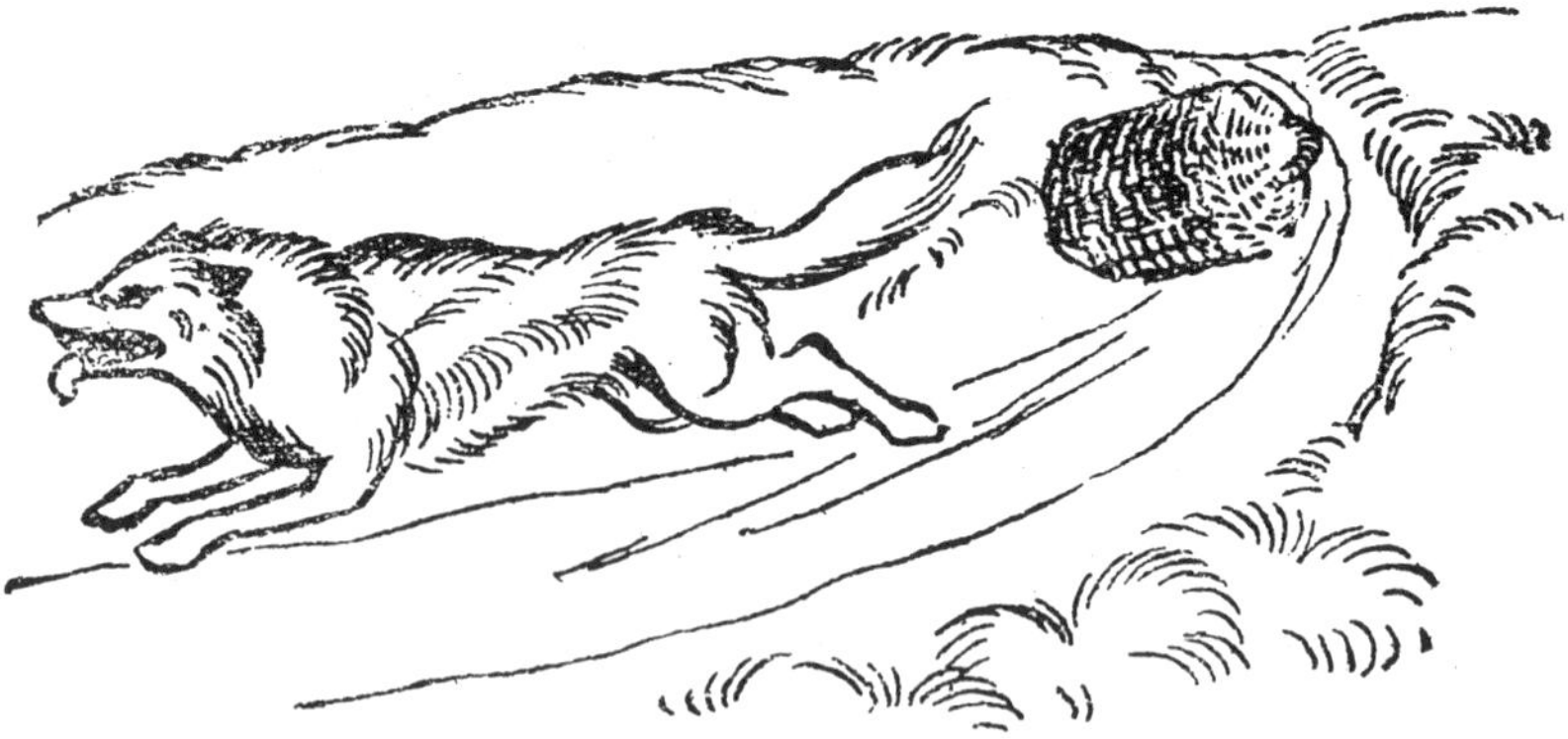

狼《おほかみ》はすぐに聲《こゑ》をかけました。

『おゝい、君《きみ》は僕《ぼく》より先《さ》きに來《き》てゐるんだね。それはおいしい林檎《りんご》だらう。』

『あゝ、大層《たいそう》おいしいよ。一つ君《きみ》に投《な》げてやらうか。』小兎《こうさぎ》は林檎《りんご》の實《み》を出來《でき》るだけ遠《とほ》くの方《はう》へ投《な》げました。そして、狼《おほかみ》がそれをひろつてる間《ま》に大《おほ》いそぎで樹《き》から降《お》りて、お家《うち》へかけて入《はい》りました。

翌日《あくるひ》、狼《おほかみ》がまたやつて來《き》ました。さうしていひますには、

『小兎《こうさぎ》さん、今日《けふ》の午《ひる》すぎに、緣日《えんにち》があるよ、君行《きみゆ》かないか。』

『僕《ぼく》も行《ゆ》きませう。何時《なんじ》ごろ君《きみ》は行《ゆ》きますネ。』

『三時《じ》に行《ゆ》くよ。』

狼《おほかみ》がかういひましたから小兎《こうさぎ》は二時《じ》に出《で》かけて行《ゆ》きました。緣日《えんにち》に行《い》つて、大《おほ》きなザルを買《か》ひました。それを持《も》つて、お家《うち》へ歸《かへ》らうとすると、狼《おほかみ》のやつてくるのが見《み》えました。小兎《こうさぎ》は大層《たいそう》おどろきました。どうしていゝのか、解《わか》らなくなつてしまひました。外《ほか》にどうすることも出來《でき》ないので、手《て》に持《も》つてゐたザルの中《なか》に、隱《かく》れる事《こと》にしました。さうして、小兎《こうさぎ》は、ザルの中《なか》に入《はい》つたまゝ、丘《をか》の上《うへ》をゴロ〳〵と轉《ころが》つて行《ゆ》きました。これを見《み》てゐた狼《おほかみ》は、驚《おどろ》くまいことか、不思議《ふしぎ》なものが、自分《じぶん》の方《はう》へ轉《ころが》つて來《く》るので、びつくりしてしまひ、大急《おほいそ》ぎで自分《じぶん》の家《うち》の方《はう》へ、逃《に》げて

行《ゆ》きました。さうして、とう／＼縁日《えんにち》へ行《ゆ》くのを、お止《や》めにしてしまひました。

翌日《あくるひ》、狼《おほかみ》はまた、小兎《こうさぎ》のお家《うち》へ來《き》ました。そして、昨日《きのふ》縁日《えんにち》へ行《ゆ》く途《と》中《ちう》、丘《をか》の上《うへ》から、大《おほ》きな丸《まる》い物《もの》が轉《ころが》つて來《き》たので、びつくりしてしまつたと話《はな》しました。小兎《こうさぎ》は、カラ／＼と笑《わら》ひながら言《い》ひました。

『昨日《きのふ》、君《きみ》を驚《おどろ》かしたのは僕《ぼく》なんだよ。僕《ぼく》はね、ザルを買《か》つて持《も》つてゐたから、その中《なか》に入《はい》つて丘《をか》の上《うへ》から、轉《ころが》つて行《い》つたのさ。』それを聞《き》いて

狼《おほかみ》は大層怒《たいそうおこ》りました。よし、今度《こんど》こそは、お前《まへ》を喰《た》べてしまふぞ、とどなりました。さう言《い》ひながら狼《おほかみ》は、屋根《やね》の上《うへ》にとび上《あが》りました。家根《やね》の上《うへ》には、大《おほ》きな煙出《けむだ》しがありましたから、其處《そこ》から、お家《うち》の中《なか》へ入《はい》らうとしました。それを見《み》てゐたので、小兎《こうさぎ》は大《おほ》いそいで、かまどに火《ひ》をボオ／＼もやしました。そして、その上《うへ》に、水《みづ》を一ぱい入《い》れたお釜《かま》をのせました。その時《とき》ちやうど、狼《おほかみ》が煙出《けむだ》しからお家《うち》の中《なか》へ、下《お》りて來《こ》やうとしましたから、小兎《こうさぎ》はすぐに、お釜《かま》のふたを開《あ》けました。狼《おほかみ》はボチャンと、にえ湯《ゆ》の中《なか》へ落《お》ちてしまひました。そこで、小兎《こうさぎ》はすぐ様《さま》お釜《かま》にふたをして、狼《おほかみ》をぐらぐら煮《に》てしまひました。そして。其《そ》の晩《ばん》のおかずに食《た》べました。それから後《のち》は、狼《おほかみ》がゐなくなつたので、三番目《ばんめ》の小兎《こうさぎ》は大層《たいそう》しあはせにくらしたといふことです。（をはり）

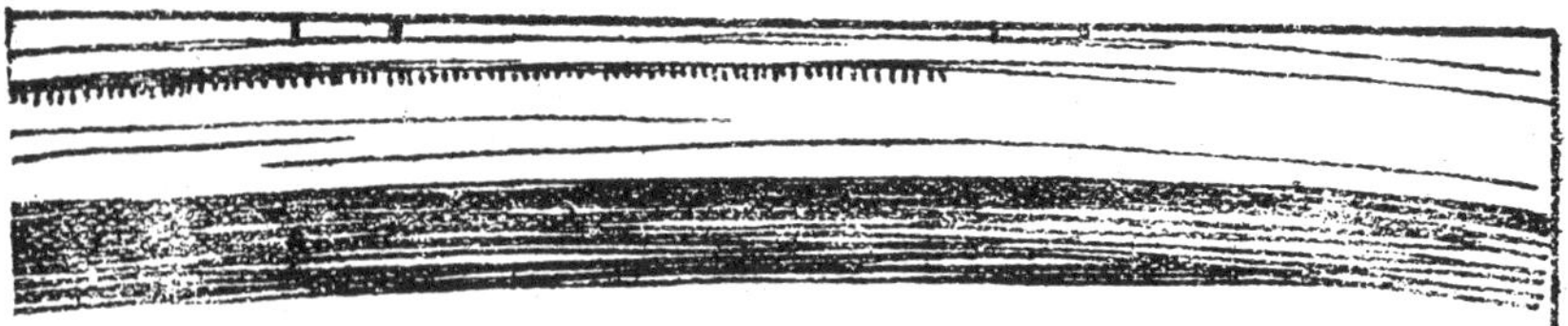

船《せん》頭《どう》の子《こ》

西條八十

橋《はし》のうへから
川《かは》見《み》れば、
黒《くろ》いはだかの
船《せん》頭《どう》の子《こ》。
午《ひる》の傳《てん》馬《ま》の
舷《ふなべり》で、
とんぼがへりを
うちながら、——
「孃《ちよつ》ちやん、孃《ちよつ》ちやん、
花《はな》おくれ」
乳《う》母《ば》のみやげの

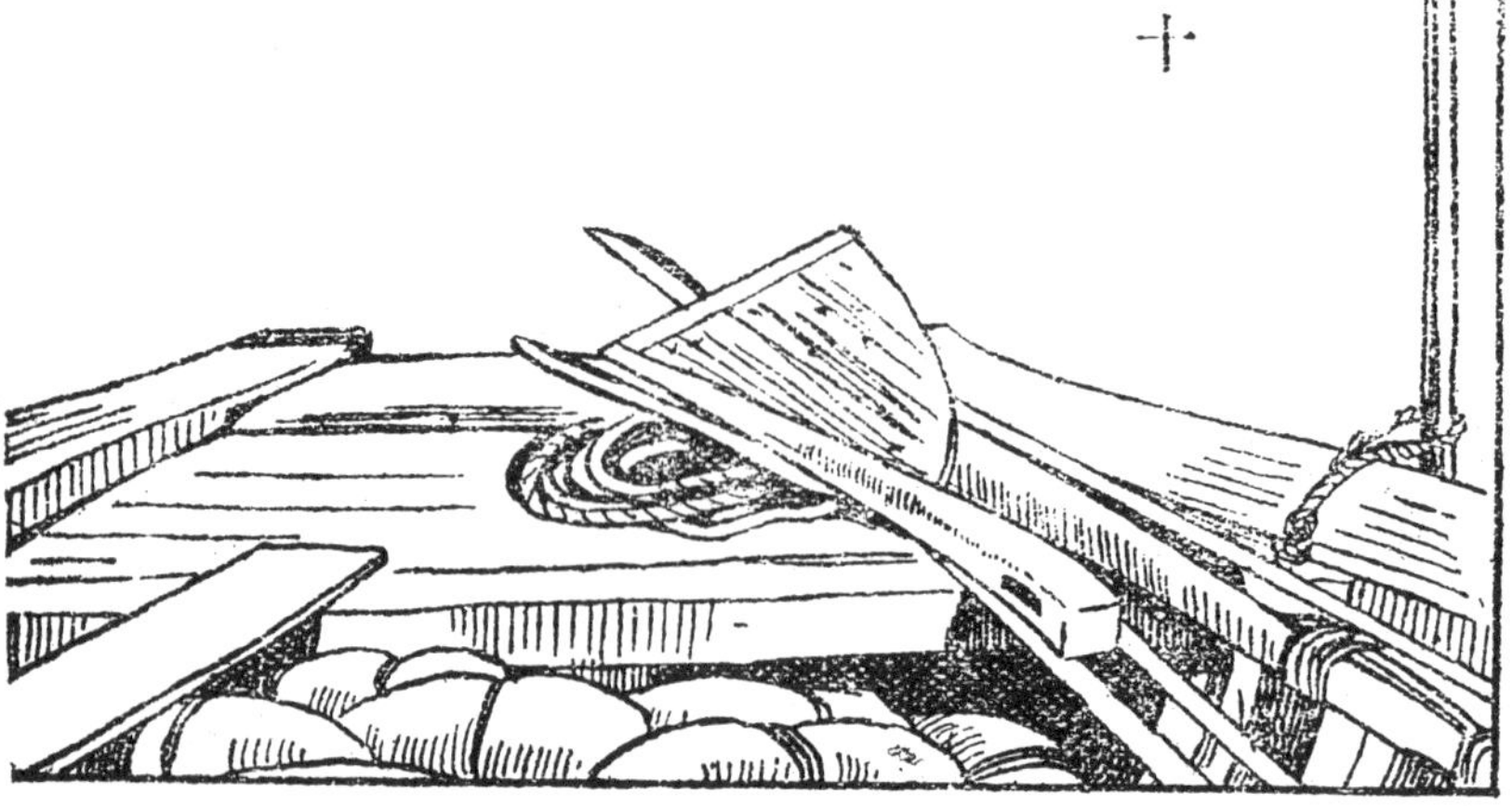

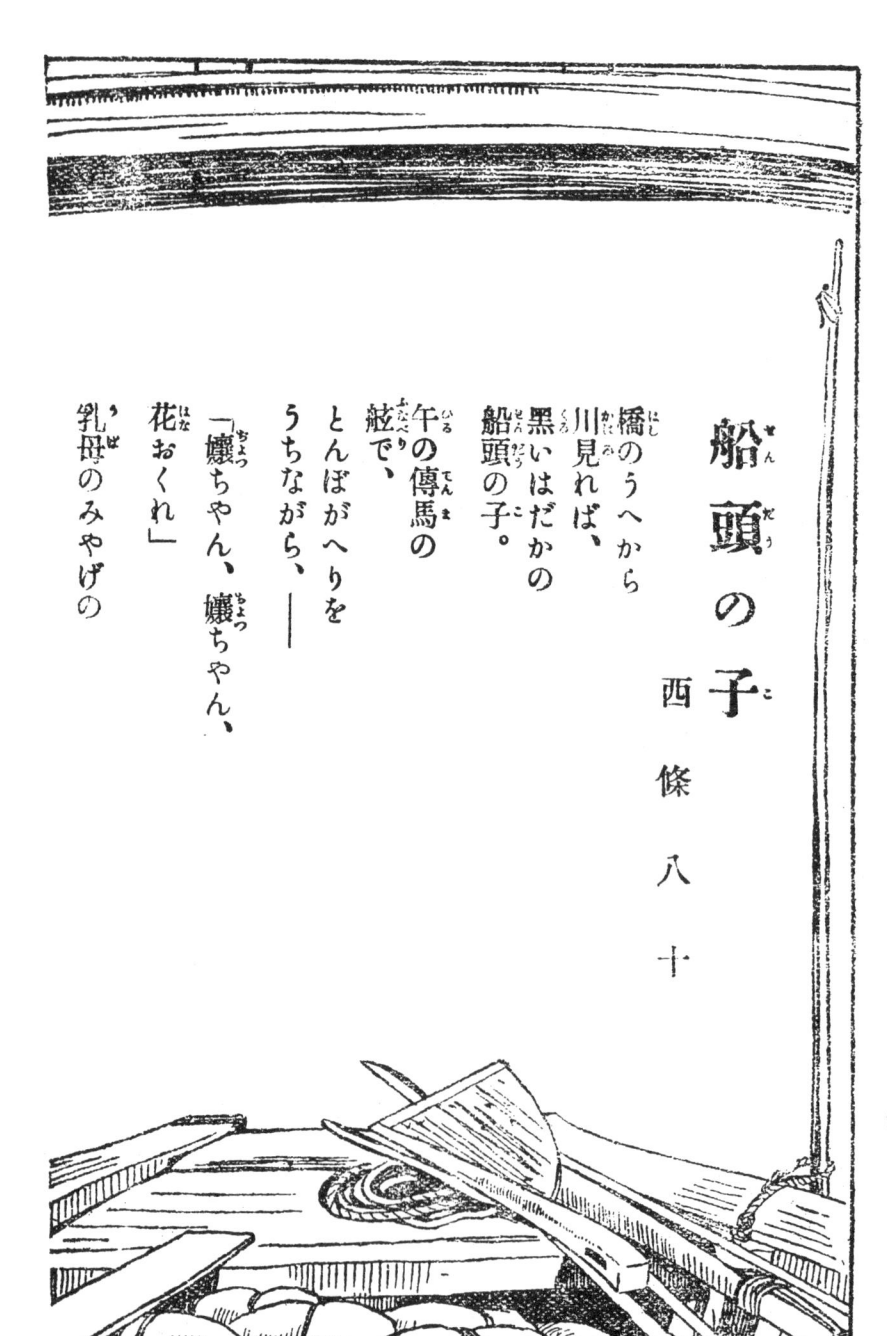

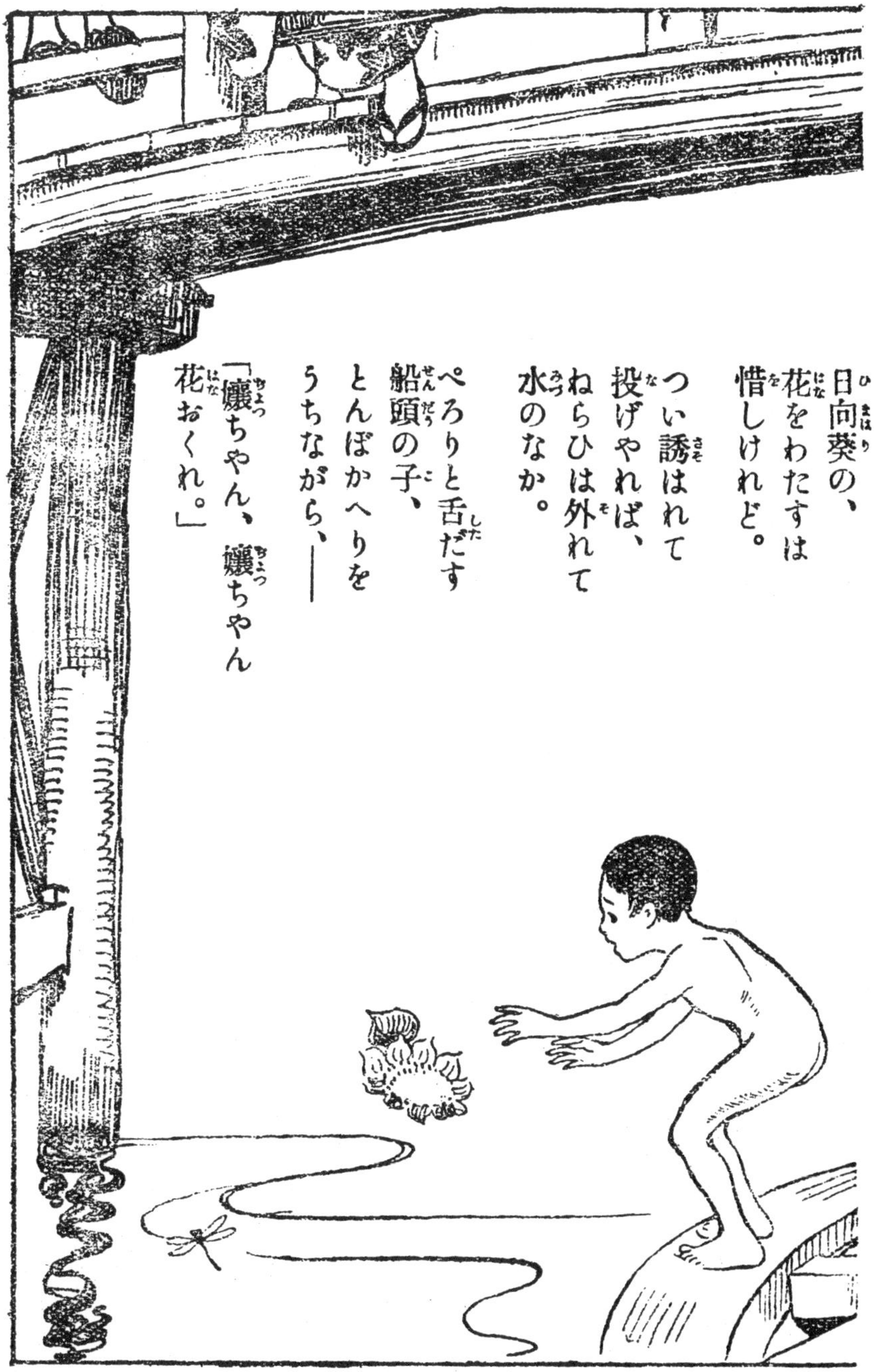

日《ひ》向葵《まはり》の、
花《はな》をわたすは
惜《を》しけれど。

つい誘《さそ》はれて
投《な》げやれば、
ねらひは外《そ》れて
水《みづ》のなか。

ぺろりと舌《した》だす
船頭《せんだう》の子《こ》、
とんぼかへりを
うちながら、――
「孃《ちよつ》ちやん、孃《ちよつ》ちやん
花《はな》おくれ。」

親《おや》鳥《どり》小《こ》鳥《とり》

德永壽美子

空《そら》は高《たか》く澄《す》んで、うすら冷《つ》めたい風《かぜ》が、靜《しづ》かに吹《ふ》いてゐました。お庭《には》ぢうの草《くさ》や木《き》は、風《かぜ》に吹《ふ》かれる度《たび》に、小《ちい》さな音《おと》をたてゝ擦《す》れあひました。それはまるで、お話《はなし》でもしてゐるやうでした。また萩《はぎ》の枝《えだ》は細《ほつ》そりとした長《なが》い莖《くき》に、細《こま》かい葉《は》を繁《しげ》らせて、しきりにおじぎをしてゐました。法師蟬《つくつくはふし》がどこかで、おゝしいつくつく、おゝしいつくつくと、淋《さび》しさうな細《ほそ》い聲《こゑ》で啼《な》いてゐました。

秀雄《ひでを》さんは、今日《けふ》も朝《あさ》から御母様《おかあさま》の枕元《まくらもと》に座《すわ》つて、繪本《ゑほん》を讀《よ》んで上《あ》げたり、面白《おもしろ》さうなお話《はなし》をしてあげました。また、小《ちい》さな手《て》でおつむりを揉《も》んで上《あ》げたりして、一日《にちく》暮らしました。お母様《かあさま》はもう半年《はんとし》ばかり、御病氣《ごびやうき》で寢《ね》てゐらつしやるのでした。夕方《ゆふがた》になるとお母様《かあさま》は、すや／＼とお眠《ねむ》りになりました。秀雄《ひでを》さんは、そつと障子《しやうじ》をあけて、冷《ひ》え／＼する縁側《えんがは》に出《で》ました。

秀雄《ひでを》さんは縁側《えんがは》に腰《こし》をかけて、兩足《りやうあし》をぶら〳〵させながら、ぼんやりとしてゐました。すると、ふと、ピッピッといふ、透《す》き通《とほ》るやうな、美《うつく》しい小《こ》鳥《とり》の聲《こゑ》が、耳《みゝ》につきました。

『やあ、また啼《な》いてゐるぞ。』と、秀雄《ひでを》さんは思《おも》はず、ひとりごとを云《い》ひました。ほんとにその小鳥《ことり》の聲《こゑ》は、毎日《まいにち》きつと、今頃《いまごろ》聞《きこ》えて來《く》るのでした。そして、その啼《な》き方《かた》と云《い》つたら、いかにも晴《は》れ晴《ば》れと、嬉《うれ》しさうな時《とき》と、何《なん》とも云《い》へない顫《ふる》へた、悲《かな》しさうな時《とき》とありました。秀雄《ひでを》さんはそれが、不《ふ》思議《しぎ》で〳〵堪《たま》りませんでした。それで今日《けふ》は、丁度暇《ちやうどひま》でしたから、すぐに草履《ざうり》を穿《は》いて、そうつと、聲《こゑ》のする方《はう》へ行《い》つて見《み》ました。

その聲《こゑ》は、お庭《には》のずつと右手《みぎて》の方《はう》にある、大《おほ》きな椎《しひ》の木《き》でしてゐるのでした。秀雄《ひでを》さんはせいのびをしたり、腰《こし》をかがめたりして、すかしてゐま

したが、すぐに葉《は》の繁《しげ》みの處《ところ》に、丸《まる》い、小《ちひ》さな鳥《とり》の巣《す》を見付《みつ》け出《だ》しました。巣《す》のへりには、羽《はね》が薄《うす》みどりで、嘴《くちばし》の赤《あか》い、可愛《かはい》らしい一羽《いちは》の小鳥《ことり》が、とまつてゐました。そして、柔《やわら》かさうな喉《のど》の邊《へん》を、ふくらがしながら、大變《たいへん》悲《かな》しさうに、ピッピッと、啼《な》いてゐるのでした。秀雄《ひでを》さんはそれを見《み》ると、

『どうしたの、小鳥《ことり》さん。』と思《おも》はず聲《こゑ》をかけました。

小鳥《ことり》は急《きふ》に啼《な》くのをやめて、さも驚《おどろ》いたやうに、まつ黑《くろ》な目《め》をくるくるさせながら、秀雄《ひでを》さんを見《み》おろしました。秀雄《ひでを》さんは氣《き》の毒《どく》になつて、また云《い》ひました。

『僕《ぼく》ね、君《きみ》があんまり悲《かな》しさうに、啼《な》くものだから、どうしたのかと思《おも》つて、見《み》に來《き》たのさ。』

『まあ坊《ぼう》ちやま。御親切《ごしんせつ》にありがたうございます。』と云《い》つて、小鳥《ことり》はぴよこんと、おじぎをしました。小《ちひ》さなしつぽが、ついと上《うへ》をむきました。

『巣《す》の中《なか》に誰《たれ》がゐるの。』

『はい。』と、小鳥《ことり》はぢつと中《なか》を見《み》ながら、『私《わたくし》の小《ちひ》さな子供《こども》がひとり寢《ね》てゐるのでございます。』

『どうして？御病氣《ごびやうき》？。』

『さやうでございます。やつと巣立《すだ》ちました時分《じぶん》に、町《まち》の方《はう》へ飛《と》んで參《まゐ》りましたら、よその坊《ぼつ》ちやんに見《み》つかつて、石《いし》を投《な》げられました。それ

が、あいにく背中《せなか》にひどく當《あた》つたものですから、それからずつと、寢《ね》ついてゐるのでございます。』

『そりやあ飛《と》んだ目《め》に逢《あ》つたね、可哀《かあい》さうに。そしてまだ治《なほ》らないのかい。』

『なか〳〵治《なほ》りませんで、段々《だん〳〵》と弱《よわ》つて參《まゐ》ります。』と、小鳥《ことり》は悲《かな》しさうな顏《かほ》をして、言《い》ひました。

『お藥《くすり》をやつてるの。』

『はい。やたらには得《え》られない、好《よ》いお藥《くすり》をやつて居《を》ります。私《わたくし》は毎日《まいにち》々々、町《まち》を越《こ》え、野《の》を越《こ》え、谷《たに》を越《こ》え、そのまた先《さき》の遠《とほ》いお山《やま》へ、そのお藥《くすり》を搜《さが》しに參《まゐ》りますの。朝早《あさはや》く出《で》かけてもやつと夕方《ゆふがた》にしか歸《かへ》れない程遠《ほどとほ》い處《ところ》へ。』

『それで毎日今頃《まいにちいまごろ》啼《な》くんだね。さう一日《いちにち》飛《と》び歩《ある》いちやあ、隨分《ずゐぶん》くたびれることだらうねえ。』

『ほんとに〳〵。大變《たいへん》な苦勞《くらう》をいたします。町《まち》を越《こ》える時《とき》には、惡《わる》い坊《ぼつ》ちやんがたに、石《いし》を投《な》げ付《つ》けられますし、野《の》を越《こ》える頃《ころ》には、おなかが空《す》くので、餌《ゑ》を搜《さが》しに下《お》りてゐますと、草《くさ》の中《なか》から、いきなり靑大將《あをだいしやう》が出《で》て來《き》たりするんですもの。やつと谷《たに》を越《こ》えて、木《き》にやすんでゐると、さつと下《お》りて來《き》た恐《おそ》ろしい大鷲《おほわし》に、只一摑《たゞひとつか》みにされさうになつたりいたします。その度《たび》に私《わたくし》は、どんなに吃驚《びつくり》するでせう。それでも、子供《こども》が可愛《かはい》くつて、可愛《かはい》くつて、堪《たま》りませんから、毎日《まいにち》〳〵出《で》かけて參《まゐ》ります。』

『そんなに子供《こども》つて、可愛《かはい》いものかい。』

『えゝえゝ坊《ぼつ》ちやま。』と、小鳥《ことり》はあるつたけの力《ちから》をこめて、云《い》ひました。『それはもう、可愛《かはい》い子供《こども》の爲《ため》なら、どんな辛《つ》らい思《おも》ひでも、どんな苦《くる》しい思《おも》ひでも、喜《よろこ》んでいたします。時《とき》によれば子供《こども》の爲《ため》なら、自分《じぶん》の命《いのち》をすてゝも惜《を》しくはない、と思《おも》ふ事《こと》もございますの。まあ、一寸《ちよつと》私《わたくし》の身體《からだ》を御《ご》ゐん下《くだ》さい。』

かう言《い》つて、小鳥《ことり》は巣《す》のへりから、ひらりと舞《ま》ひ下《お》りて、秀雄《ひでを》さんの肩《かた》にとまりました。そして秀雄《ひでを》さんが手《て》を出《だ》すと、その掌《てのひら》の上《うへ》に、ちよこんとのりました。見《み》るとどうでせう。薄《うす》みどりの柔《やわら》かい羽《はね》は、方《はう》方《ばう》ぬけたり、ちぎれたりしてゐました。薄赤《うすあか》い肌《はだ》は痛《いた》痛《いた》しく、むき出《だ》しになつてゐました。怪我《けが》をした後《あと》に血《ち》が黒《くろ》く固《かた》まつて、こびりついてゐる處《ところ》も、あつたりしました。そればかりではありません。薄赤《うすあか》いきれいな、細《ほそ》い足《あし》は片方《かたはう》、すつかり皮《かは》が剝《む》げて、びつこをひいてゐるのでした。

秀雄《ひでを》さんは顔《かほ》をしかめながら、

『さぞ痛《いた》いだらうね。』と言《い》つてそつと小鳥《ことり》を撫《な》でてやりました。すると小鳥《ことり》は『いゝえ、子供《こども》の爲《た》めですから何《なん》とも思《おも》ひは致《いた》しません。けれども、私《わたくし》がこんな思《おも》ひをして、やつとお薬《くすり》になる木《き》の實《み》を見《み》つけて、夕方《ゆふがた》の薄暗《うすぐら》い道《みち》を、いきせき切《き》つて歸《かへ》つて來《き》て見《み》た時《とき》に、子供《こども》のかげんが、朝《あさ》より少《すこ》しでも、惡《わる》くなつてゐるときの悲《かな》しさと申《まを》しましたら……』と、母鳥《はゝどり》は涙《なみだ》ぐんだ目《め》を、しばたゝきました。『その代《かは》り少《すこ》しでも、好《よ》くなつてゐる時《とき》は、その嬉《うれ》しさと云《い》つたらございません。』

秀雄《ひでを》さんはそれを聞《き》くと、

『親《おや》つていふものは、そんなにも子供《こども》の事《こと》を思《おも》ふものかねえ。』と、しみ〴〵言《い》ひました。

『えゝえゝ坊《ぼつ》ちやま。鳥《とり》でさへさうでございますもの、ましてあなたがたのお父様《とうさま》やお母様《かあさま》は、どんなにお子様達《こさんたち》のことを、御心配《ごしんぱい》なさる事《こと》でせう。それこそ寝《ね》ても覺《さ》めても、どうか病氣《びやうき》をしないやうに、怪我《けが》をしないやうに、兄弟仲《きやうだいなか》よくするやうに、お友達《ともだち》とはお互《たがひ》に親切《しんせつ》に遊《あそ》ぶやうに、學校《がくかう》へ行《い》つたら、よく勉強《べんきやう》をして立派《りつぱ》な人《ひと》になるやうにと、思《おも》ひ暮《く》らしてお出《い》でになるのですよ。』

『ありがたいものだねえ、ほんとに。』と、秀雄《ひでを》さんはしんそこから言《い》ひました。

『さうですとも、さうですとも。』と小鳥《ことり》は小《ちい》さな首《くび》で、幾度《いくど》もうなづきました。


その時巣《ときす》の中《なか》で、ピ、ピ、ピといふ小《ちい》さな弱《よわ》い啼《な》き聲《ごゑ》がしました。すると手《て》の上《うへ》の母鳥《はゝどり》は、

『では御免下《ごめんくだ》さいまし。』と言《い》つたかと思《おも》ふと、すぐに巣《す》の中《なか》へ飛《と》んでゆきました。

その晩《ばん》、秀雄《ひでを》さんは、お母《かあ》さんに、小鳥《ことり》の話《はなし》をいたしました。すると、お母様《かあさま》は、

『氣《き》の毒《どく》な親鳥《おやどり》だねえ、ぢやア秀雄《ひでを》ちやん、その子供《こども》を明日《あした》連《つ》れてお出《い》で。お家《うら》でお菜《な》をやつたり、手當《てあて》をしてやつたら、治《なほ》るかも知《し》れませんから。』

『あゝ、それが好《い》いでせう。』と、秀雄《ひでを》さんは、大《おほ》喜《よろこ》びで、

『僕《ぼく》がよく見《み》てやりませう。』と元氣《げんき》よく言《い》ひました。

あくる朝《あさ》、まだ、親鳥《おやどり》が出《で》かけないさきにと、秀雄《ひでを》んは、早《はや》く起《お》きてすぐ、椎《しひ》の木《き》の下《した》にゆきました。(つゞく)

バラが咲いたはじめ

吉田六郎

今《いま》から千年《ねん》も昔《むかし》、ユダヤの國《くに》のベテレヘムといふ市《まち》に、立派《りつぱ》な王様《わうさま》の御殿《ごてん》がありました。その御殿《ごてん》に仕《つか》へてゐた、大勢《おほぜい》の人達《ひとたち》の中《なか》に、それは〳〵、しとやかな、美《うつく》しい少女《をとめ》がありました。少女《をとめ》は王様《わうさま》やお妃《きさ》様《きさき》に、大層《たいそう》なお氣《き》に入《い》りでした。御殿《ごてん》に仕《つか》へてゐた人達《ひとたち》の中《なか》にも、心《こゝろ》の悪《わる》い人《ひと》がをりまして、少女《をとめ》の評判《ひやうばん》がよいのを、ねたみました。そしてありもしない事《こと》を王様《わうさま》に告《つ》げました。少女《をとめ》が大層《たいそう》な悪者《わるもの》で、御殿《ごてん》の秘密《ひみつ》をとなり國《くに》へ、知《し》らせたといふ様《やう》な、嘘事《うそごと》を申上《まをしあ》げたのです。本《ほん》當《たう》の事《こと》を知《し》らない王様《わうさま》は、大層《たいそう》お怒《いか》りになつて、『そんな女《をんな》は、火《ひ》あぶりにして、殺《ころ》してしまへ。』と仰《おつしや》いました。悪者《わるもの》どもは、大喜《おほよろこ》びで、少女《をとめ》をお刑罰《しおき》場《ば》へ、引《ひつ》つぱつて行《ゆ》きました。

やがて悪者《わるもの》どもは、お刑罰《しおき》場《ば》の火刑《ひあぶり》の柱《はしら》に、少女《をとめ》をくゝりつけました。市《まち》の人《ひと》たちは『何事《なにごと》が起《お》きたのだらう。』と思《おも》つて、大勢《おほぜい》集《あつま》つて來《き》ました。その内《うち》、悪者《わるもの》どもは、火刑《ひあぶり》の柱《はしら》のまはりに積《つ》んであつた薪《たきぎ》に火《ひ》をつけました。少女《をとめ》は泣《な》きも、叫《さけ》びもしないで、ぢつとこらへて居《を》りました。しかし、心《こゝろ》の中《うち》では、自分《じぶん》に罪《つみ》のない事《こと》を證據《しようこ》だてゝ下《くだ》さ

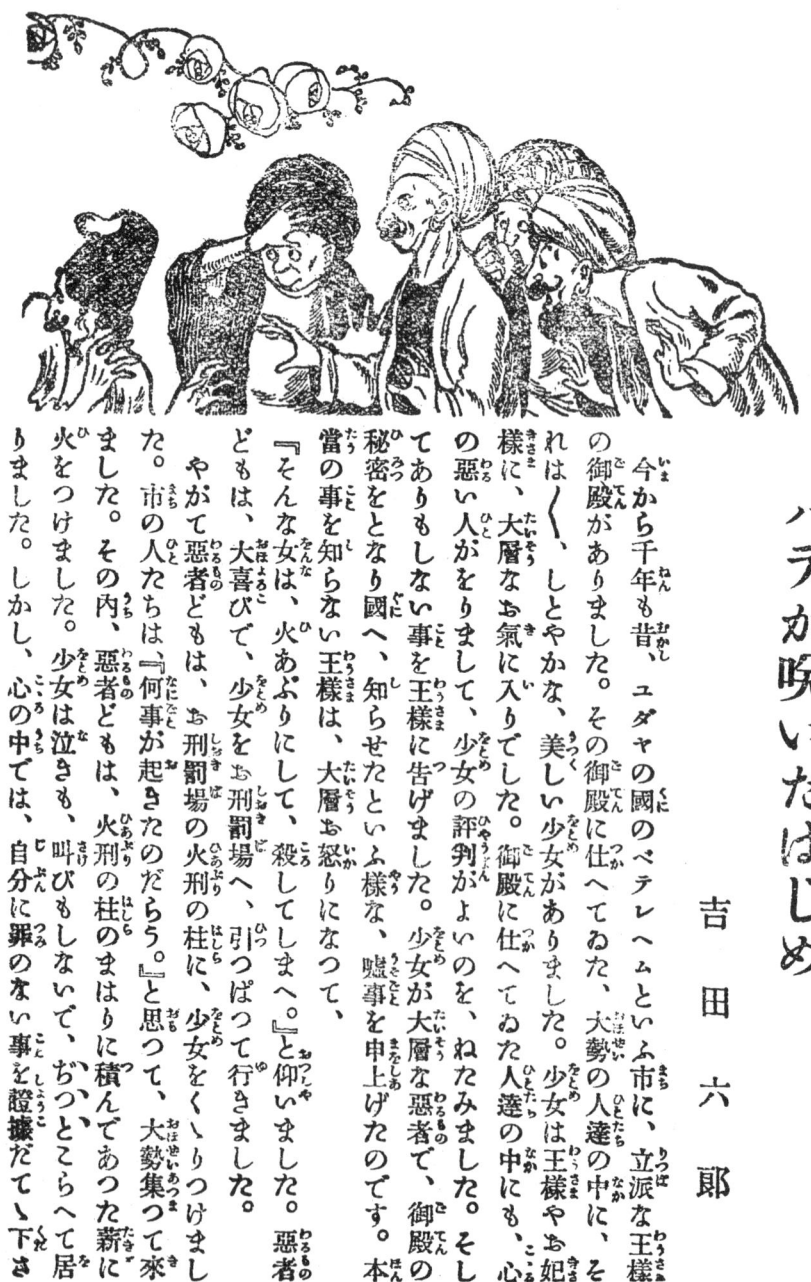

ゐやう、一心《しん》に神様《かみさま》にお祈《いの》りをしてをりました。

するど、どうした譯《わけ》か、火《ひ》は少《すこ》しも燃《も》えひろがりません。惡者《わるもの》どもは、一生《しやう》けんめに、燃《も》やさうとしました。けれど、どうしても燃《も》えません。まはりに見物《けんぶつ》してゐた市《まち》の人《ひと》たちも、驚《おどろ》きました。やがて火《ひ》は、消《き》えてしまひました。と、不思議《ふしぎ》にも、少女《をとめ》をくゝりつけた火刑《ひあぶり》の柱《はしら》から、見《み》る〳〵うちに枝《えだ》や葉《は》が出《で》て、それが生《い》きた木《き》に變《かは》つてしまひました。そして、其處《そこ》から赤《あか》や白《しろ》の、美《うつく》しい澤山《たくさん》の花《はな》が、一時《じ》に咲出《さきだ》しました。市《まち》の人々《ひとびと》は二度《ど》びつくりしました。

『あゝ、美《うつく》しい花《はな》だ、こんな美《うつく》しい花《はな》は、見《み》た事《こと》がない。』と市《まち》の人《ひと》たちが叫《さけ》びました。惡者《わるもの》どもゝ、あまりの不思議《ふしぎ》におどろいて、『これは神様《かみさま》が守《まも》つてゐらつしやるのだ、燒《や》く事《こと》は出來《でき》ない。』と考《かんが》へました。そして、こわ〴〵と、少女《をとめ》の身體《からだ》を木《き》からほどきました。此《こ》の事《こと》が、王様《わうさま》のお耳《みゝ》にも入《はい》りました。王様《わうさま》は少女《をとめ》の罪《つみ》が、みんな作《つく》り事《ごと》であつたと、おわかりになつて、御自分《ごじぶん》の輕《かる》はづみを、たいそう後悔《こうかい》なすつたばかりでなく、惡者《わるもの》どもには、重《おも》い罰《ばつ》をお加《くは》へになりました。

さて、此時《このとき》はじめて咲《さ》いた、美《うつく》しい花《はな》は、何《なん》といふ花《はな》でしたらう。ユダヤの人《ひと》たちの言傳《いひつた》へによると、此《こ》の時《とき》咲《さ》いた花《はな》が、皆《みな》さんの今見《いまみ》る、バラの花《はな》であつたといふ事《こと》です。

（をはり）

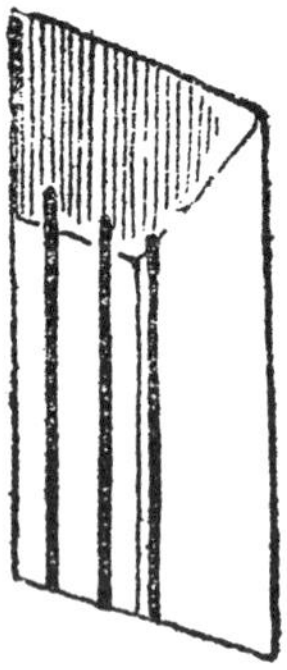

燕《えん》の王子《わうじ》

横山壽篤

今《いま》から二千年《ねん》ばかり前《まへ》、支那《しな》の國《くに》には五人《にん》も七人《にん》も王様《わうさま》があつて、互《たが》ひに戰爭《せんさう》をしてゐました。其中《そのうち》で秦《しん》と云《い》ふ國《くに》の王様《わうさま》が一等強《とうつよ》くて、他《ほか》の國《くに》を皆亡《みんなほろ》ぼして了《しま》ひました。そして秦《しん》の王様《わうさま》は、自《みづか》ら始皇帝《しくわうてい》と名《な》のつてゐましたが、亡《ほろ》ぼされた國々《くにぐに》からは、始終恨《しじゆううら》まれてをりました。

始皇《しくわう》の住《すま》つてゐるお城《しろ》の中《なか》には、阿房宮《あばうきゆう》と云《い》ふ立派《りつぱ》な御殿《ごてん》がありました。東西《とうざい》が九町《ちやう》、南北《なんぼく》が五町《ちやう》、高《たか》さが三十六丈《ぢやう》と云《い》ふ、すばらしく高《たか》い御殿《ごてん》でした。その屋根《やね》の上《うへ》で、キラキラ光《ひか》つてゐる金《きん》の鯱《しやち》は、遠《とほ》くからでも見《み》えました。

始皇《しくわう》に亡《ほろ》ぼされた國《くに》の内《うち》に、燕《えん》と云《い》ふ國《くに》がありました。この燕《えん》の王子《わうじ》は、秦《しん》の國《くに》の捕虜《ほりよ》になつて、牢《ろう》に入《い》れられてゐました。王子《わうじ》は、長《なが》い間寂《あひださみ》しい牢《ろう》の中《なか》で、お父《とう》さまお母《かあ》さまのことばかり、毎日《まいにち》思《おも》ひ暮《くら》してゐました。ある日《ひ》のこと、王子《わうじ》は始皇《しくわう》に向《むか》つて、斯《か》う云《い》ひました。

『私《わたくし》は、もう六年《ねん》も此牢《このろう》の中《なか》に暮《くら》してをります。私《わたくし》は例令《たとひ》この牢屋《ろうや》で死《し》んで了《しま》つても、仕方《しかた》がありませんが、故郷《こきやう》には、年《とし》を老《と》つた兩親《りやうしん》が御座《ござ》います。兩親《りやうしん》はきつと、私《わたくし》の身《み》の上《うへ》を心配《しんぱい》してをりませう、どうぞ、私《わたくし》を國《くに》へ歸《かへ》して下《くだ》さいませ』

すると、始皇《しくわう》は

『頭《あたま》に白髮《しらが》の生《は》えた烏《からす》がゐたら、牢《らう》から出《だ》してやらう。』と云《い》ひました。

王子《わうじ》はがつかりして了《しま》ひました。夜《よる》になると、僅《わづ》かばかりの牢《らう》の隙間《すきま》から、天《てん》を仰《あふ》いで『どうぞ私《わたくし》を國《くに》へ歸《かへ》して下《くだ》さいませ』と、お月樣《つきさま》にお願《ねが》ひしました。お星樣《ほしさま》にもお願《ねが》ひしました。晝《ひる》は空《そら》を飛《と》ぶ鳥《とり》に言葉《ことば》をかけて『私《わたくし》が斯《か》うしてゐることを、私《わたくし》のお母《かあ》さまに知《し》らせて上《あ》げてくれませんか。』と賴《たの》むのでした。

さうしてゐる中《うち》に、阿房宮《あばうきう》の屋根《やね》へ、頭《あたま》の眞白《まつしろ》な烏《からす》が一羽《は》飛《と》んで來《き》て、カアオ、カアオと鳴《な》きましたので、王子《わうじ》は飛《と》び立《た》つばかりに喜《よろこ》んで、

『頭《あたま》に白髮《しらが》のある烏《からす》がゐます、どうぞ私《わたくし》を國《くに》へ歸《かへ》して下《くだ》さいませ。』と始皇《しくわう》に訴《うつた》へますと　始皇《しくわう》は頭《かぶり》を振《ふ》つて

『角《つの》の生《は》えた馬《うま》がゐたら、牢《らう》から出《だ》してやらう。』

といひました。

折角《せつかく》頭《あたま》の白《しろ》い烏《からす》がゐたのに、王子《わうじ》は牢《らう》から出《で》る事《こと》が出來《でき》ないので、又《また》がつかりして了《しま》ひました。

しかし、明《あ》けても暮《く》れても、王子《わうじ》の胸《むね》の中《うち》は、親《おや》を思《おも》ふ心《こゝろ》で、一ぱいになつてゐました。

すると、ある日《ひ》のこと、阿房宮《あばうきう》のお庭《には》へ、何處《どこ》から來《き》たとも無《な》く、一疋《ぴき》の角《つの》の生《は》えた馬《うま》が來《き》て、ヒヒヒンと、高《たか》く嘶《いなゝ》きました。

そこで、流石《さすが》の始皇《しくわう》も驚《おどろ》いて

『これはきつと、神《かみ》さまの思《おぼ》し召《め》しだ。』と云《い》つて

やつと王子《わうじ》を牢《らう》から出《だ》してやりました。

久《ひさ》しぶりに、牢《らう》から出《で》た王子《わうじ》は、もう嬉《うれ》しくて堪《たま》りませんでした。一時《じ》も早《はや》く、お家《うち》へ歸《かへ》りたい

ものだと、自分《じぶん》の國《くに》の方《はう》に向《む》いて、晝《ひる》も夜《よる》も歩《ある》きました。そして大《おほ》きな川《かは》にさしかゝつた時《とき》には、もう夜《よる》でした。川《かは》には橋《はし》が架《か》つてゐました。

王子《わうじ》は、とんとんとんとんと、足音《あしおと》輕《かる》く、その橋《はし》を渡《わた》り出《だ》しました。とんとんとんとん……王子《わうじ》が橋《はし》の半《なか》ばまで來《き》た時《とき》に、不《ふ》意《い》に足許《あしもと》の橋板《はしいた》が落《お》ちて、王子《わうじ》は川《かは》の中《なか》へ、ざんぶとばかりに墜《お》ちました。

やがて氣《き》がついて見《み》ると、王子《わうじ》の身體《からだ》は、何《なに》かふわ〳〵するものゝ上《うへ》に、乗《の》つてゐるのでした。

『あなたは燕《えん》の國《くに》の王子《わうじ》さまでしたね、どこかお怪我《けが》はございませんか。』と突然《だしぬけ》に言葉《ことば》を掛《か》けるものがありました。王子《わうじ》ははつとして、よく〳〵見《み》ると、その聲《こゑ》の主《ぬし》は龜《かめ》でした。王子《わうじ》は知《し》らぬ間《ま》に龜《かめ》の脊中《せなか》に乗《の》つてゐました。王子《わうじ》は

『さうだ、私《わたし》は燕《えん》の國《くに》の王子《わうじ》、丹《たん》と云《い》ふものだ。』と云《い》ひますと、龜《かめ》は

『矢張《やつぱり》さうでしたか、初《はじ》めてお目《め》に掛《か》ります。ずつと以前《いぜん》の事《こと》、私《わたくし》が人《ひと》に殺《ころ》されかゝつてゐる處《ところ》を、王子様《わうじさま》のお父様《とうさま》が、助《たす》けて下《くだ》さいました。そして此川《このかは》へ逃《に》がして戴《いただ》きました。』と云《い》ひました。王子《わうじ》は

『それはよかつた。併し何故《なぜ》橋板《はしいた》が落ちたのだらう、丁度《ちやうど》お前《まへ》の脊中《せなか》の上《うへ》へ、私《わたし》が落ちて來たのも不思議《ふしぎ》ではないか。』と云ひますと、龜《かめ》は

『まあお聞《き》きなさい、それには譯《わけ》が御座《ござ》います、今《け》日の日《ひ》の暮《く》れ方《がた》のことでした。私《わたくし》が此處《こゝ》で遊《あそ》んでゐますと、始皇《しくわう》の家來《けらい》が大勢《おほぜい》やつて來て、此橋《このはし》を人《ひと》が渡《わた》ると、橋板《はしいた》が落《お》ちるやうにして行《ゆ》きました。段々《だんだん》聞いて見《み》ると、始皇《しくわう》が王子《わうじ》さまを此川《このかは》に墜《おと》して、殺《ころ》して了《しま》ふのだと云《い》ふことでした。私《わたくし》は水《みづ》から跳《は》ね上《あが》るほど、びつくりいたしましたが、御恩返《ごおんがへ》しをするのは今《いま》だと思《おも》つたのです。そこでどんなにでもして、王子《わうじ》さまをお助《たす》けしようと、お待《ま》ちしてゐた處《ところ》でした。もう大丈夫《だいぢやうぶ》です、私《わたし》が向《むか》ふの岸《きし》まで渡《わた》して上《あ》げませう。』と云《い》つて、王子《わうじ》を脊中《せなか》に載《の》せたまゝ、ヂヤブチヤブ、ヂヤブヂヤブと川《かは》を泳《およ》いで、王子《わうじ》を向《むか》ふ岸《ぎし》に渡《わた》してくれました。王子《わうじ》は岸《きし》に上《あが》つてから

『どうも有《あ》りがたう、お蔭《かげ》で私《わたくし》は命拾《いのちびろ》ひをした。これでお父《とう》さまにもお母《かあ》さまにも、お目《め》に掛《か》ることが出來《き》る、どうも有《あ》りがたう』と龜《かめ》にお禮《れい》を云《い》ひますと、龜《かめ》は

『どうぞ、お父《とう》さまに宜敷《よろし》く申上《まをしあ》げてください、お大事《だいじ》に。』と云《い》ひました。

『左樣《さやう》なら、お大事《だいじ》に。』

『左樣《さやう》なら、左樣《さやう》なら。』と云《い》ひかはして、王子《わうじ》と龜《かめ》とは別《わか》れました。

王子《わうじ》は懷《なつか》しいお家《うち》へ歸《かへ》つてから

『お父《とう》さま、龜《かめ》が宜敷《よろし》く申《まを》しましたよ。』

と云《い》つて、此《この》お話《はなし》をいたしました。

（をはり）

金《きん》の船《ふね》

山田邦子

ぼうちやんよい子《こ》だねんねしな
ねんねのお子《こ》さんどこへゆく
金《きん》のお船《ふね》に銀《ぎん》の棹《さを》
海《うみ》の向《むか》ふにのぞいてる
月《つき》の都《みやこ》をさしてゆく

ぼうちやんよい子《こ》だねんねしな
ねんねのお子《こ》さんどこへいた
向《むか》ふに見《み》えるまんまるな
月《つき》の都《みやこ》に笛《ふえ》吹《ふ》いて
お耳《みゝ》の長《なが》い子《こ》兎《うさぎ》と
ねんねのお歌《うた》をうたうてる

ララちゃん

一ノ倉隆子

誰《た》れが作《つく》つたともわからないお家《うち》が、高《たか》いお山《やま》の麓《ふもと》に出來《でき》ました。七月《ぐわつ》の末《すゑ》の頃《ころ》ですから、白百合《しらゆり》のお花《はな》が、その邊《あたり》の廣《ひろ》つぱに、どつさり咲《さ》いてゐました。それからずつと今迄空家《いまゝであきや》になつて居《ゐ》たお家《うち》に、ララちゃんと云《い》ふ泣《な》き蟲《むし》な、おいたな女《をんな》の子《こ》が、お婆《ばあ》さんと二人《ふたり》で、引《ひ》つこして來《き》ました。ララちゃんは、夜《よる》になると泣《な》きました。其《そ》の泣《な》き聲《こゑ》が、野《の》を越《こ》えて、森《もり》を越《こ》えて、川《かは》を越《こ》えて、一里《り》も三里も、遠《とほ》い町迄《まちまで》響《ひゞ》いて來《き》ました。風《かぜ》の音《おと》の樣《やう》な、飛行機《ひかうき》の音《おと》の樣《やう》な、變《へん》なその泣《な》き聲《ごゑ》をきくと、みんな怖《こは》がつて、小《ちひ》さくなつて居《ゐ》りました。

夜《よる》になりました。ララちゃんは泣《な》き初《はじ》めました。お婆《ばあ》さんはいつもの樣《やう》に、熊《くま》に唄《うた》をうたはせました。熊《くま》は眞黑《まつくろ》な毛《け》に包《つゝ》まれて居《ゐ》る足《あんよ》を、長《なが》くしてどら聲《ごゑ》を出《だ》して、唄《うた》ひ初《はじ》めました。

お山《やま》の上《うへ》から　おつこちた
するするすつてん　おつこちた
熊《くま》のこどもは
泣《な》きません

『いやよ〱、そんな唄《うた》はいやよ』

とララちやんは云《い》つて、今迄《いままで》よりも、もつと〱大《おほ》きな聲《こゑ》を出《だ》して、泣《な》きました。お山《やま》の神様《かみさま》は、

『まあ、やかましいこと』

とおつしやつて、兎《うさぎ》の兎《うさ》ちやんをお使《つか》ひに、およこしになりました。

『神様《かみさま》のお使《つか》ひです、おしづかに。』と云《い》つて兎《うさ》ちやんは歸《かへ》りました。ララちやんは、ひよつこら小《ちひ》さな兎《うさぎ》が來《き》て、すぐ歸《かへ》つて仕舞《しま》つたので、吃驚《びつくり》して泣《な》き止《や》んで居《ゐ》ると、お山《やま》の神様《かみさま》は『おや、お悧口《りこう》なララちやんだこと』とおつしやつて

『ではお悧口《りこう》になつたララちやんを、つれておいで』

と兎《うさ》ちやんにおつしやいました。兎《うさ》ちやんはすぐに、ララちやんのお家《うち》へ、お迎《むか》ひに來《き》ました。ララちやんはお汽車《きしや》ごつこをする様《やう》に兎《うさ》ちやんの持《も》つて來《き》た繩《なは》につかまりますと、スーと高《たか》く上《あが》りました。すると其處《そこ》に、黒《くろ》い雲《くも》の子《こ》が、大勢《おほぜい》遊《あそ》んで居《を》りまして

『やあー泣蟲《なきむし》が來《き》たー』

『わーおいたの子《こ》が來《き》た』と囃《はや》したてましたが、

ララちやんはちつとも泣《な》かずに、金《きん》の縄《なは》にしつかりつかまつて居《を》りました。少《すこ》し來《き》ると、風《かぜ》の子《こ》が小《ちひ》さな風袋《かざぶくろ》をかついで、風《かぜ》の吹《ふ》き方《かた》を、お母様《かあさま》に敎《をし》へて戴《いただ》いて居《を》りましたが、ララちやんを見《み》ると『泣《な》き蟲毛蟲《むしけむし》……』と囃《はや》し立《た》てました。それでも、ララちやんは、泣《な》きませんで、神様《かみさま》のお家《うち》へ來《き》ました。神様《かみさま》のお家《うち》は繪《ゑ》で見《み》る様《やう》な立派《りつぱ》なお家《うち》で、門《もん》の處《ところ》には虎《とら》が二匹《ひき》、怖《こは》い眼《め》をしてにらめて居《ゐ》りました。

『やい、そこへ來《き》たのは泣蟲《なきむし》子《つこ》ぢやあないか』と一匹《びき》の虎《とら》が云《い》ふと、あとの一匹《びき》も『さうだ〳〵』と云《い》つて、今《いま》にも飛《と》びかゝらうとしました。

『いゝえ、此《この》ララちやんは、泣《な》き蟲《むし》ぢやあ、ありません。

神様《かみさま》の處《ところ》へ行《ゆ》くのですから、どうぞお通《とほ》し下《くだ》さい』と兎《うさ》ちやんがお願《ねが》ひしましたので、御門《ごもん》を通《とほ》して下《くだ》さいました。お玄關《げんくわん》に行《ゆ》かうとすると、お山《やま》に住《す》んで居《ゐ》る色《いろ》んな、けものが居《ゐ》て、『泣《な》き蟲《むし》ではないか』と申《まを》しましたが、ララちやんは、一粒《つぶ》の涙《なみだ》もこぼさないで、やつと神様《かみさま》のところへ參《まゐ》りました。神様《かみさま》は大變《たいへん》におよろこびになつて、もう明《あし》日《た》の晩《ばん》から、ちつとも泣《な》かない様《やう》にと、おまじなひをして下《くだ》さいました。ララちやんは

『ありがたう御座《ござ》いました』と生《うま》れて初《はじ》めて、にこ〳〵笑《わら》ひました。晝《ひる》の様《やう》に明《あか》るい神様《かみさま》のお家《うち》のお座敷《ざしき》に、澤山《たくさん》の御馳走《ごちそう》が出《で》ました。ララちやんの大好《だいす》きな、羊羹《ようかん》も、バナナも、お饅頭《まんぢゆう》も……、ララちやんは

嬉《うれ》しくて一人《ひとり》でニコニコして居《を》りますと、遠《とほ》くの方《はう》から細《ほそ》い聲《こゑ》の唄《うた》が聞《きこ》え出《だ》しました。ララちやんがこんどは、うつとりとして聞《き》いて居《を》りますと、それはララちやんをお迎《むか》ひに來《き》て下《くだ》すつた兎《うさ》ちやん達《たち》です。二十人《にん》も三十人《にん》も集《あつ》まつて來《き》て、其《そ》の細《ほそ》い聲《こゑ》の唄《うた》につれて、躍《をど》り初《はじ》めました。唄《うた》ふ聲《こゑ》はだん／＼近《ちか》づいて來《き》ました。

お山《やま》のお山《やま》のうーさぎ
月《つき》の良《よ》い夜《よ》は何見《なにみ》て跳《は》ねる

と唄《うた》ふと躍《をど》つて居《ゐ》る兎《うさぎ》たちが

ふもとのララちやん見《み》て跳《はね》る

と云《い》ひました。

お山《やま》のお山《やま》のうーさぎ
月《つき》の無《な》い夜《よ》は何聞《なにき》いて跳《はね》る

と又唄《またうた》ふと、

ララちやんの笑聲《わらひごゑ》聞《き》いて跳《はね》る

と何《なん》べんも、繰《く》り返《かへ》し／＼、唄《うた》ひながら、躍《をど》りました。ララちやんは其の様子《やうす》が面白《おもしろ》いと云《い》つて、お手《て》々をたゝいて喜《よろこ》びなました。

お悧口《りこう》になつたララちやんは、夜《よ》のあけない中《うち》に、お土産《みやげ》をどつさり戴《いただ》いて、麓《ふもと》のお家《うち》へ歸《かへ》つて來《き》ました

もう其《そ》れから、ララちやんは、ちつとも泣《な》きませんでした。

（なはり）

幸《かう》福《ふく》の星《ほし》

須藤鐘一

一番大《ばんおほ》きいあの星《ほし》は
ダイヤモンドのお星《ほし》さま
幸福者《しあはせもの》のお星《ほし》さま
月《つき》の母《かあ》さんゐるときは
ぽつぽに抱《だ》かれて寢《ね》んねする
母《かあ》さんお留守《るす》の暗《やみ》の夜《よ》は
お目《め》々を醒《さま》してピーカピカ

可愛《かはい》い少女《せうぢよ》の歌《うた》ふ聲《こゑ》がいたします。私《わたし》が箱根《はこね》へ來《き》た其翌日《そのよくじつ》の朝《あさ》から、此可愛《このかはい》い歌《うた》を、毎朝毎晩《まいあさまいばん》、きまつて聞《き》くのでした。

金《きん》の卵《たまご》

慾兵衛爺《よくべゑぢい》さんといふ慾深《よくふか》い者《もの》がありました。爺《ぢい》さんは、お山《やま》を越えて、里《さと》へ行《ゆ》きました。さうして、里《さと》であひるを一羽《は》買《か》ひました。

それは英語《えいご》の歌《うた》でした。其歌《そのうた》の言葉《ことば》と調子《てうし》とで、それが外國《ぐわいこく》の少女《せうぢよ》であることは、すぐ、うなづかれました。

私《わたし》は晝近《ひるちか》くなつてから、お友達《ともだち》と二人《ふたり》で、中禪寺湖《ちうぜんじこ》のほとりに出《で》ました。そしてレーキホテルの短艇《ボート》に乘《の》らうとしてゐますと、其處《そこ》へ七ツばかりの、外國《ぐわいこく》の少女《せうぢよ》が、ホテルの方《はう》から飛《と》んできました。

『あなたは短艇《ボート》に乘《の》りませんか。』と私《わたし》は覺束《おぼつか》ない英語《えいご》で話《はな》しかけました。

『私《わたし》、母《ママ》と乘《の》ります』と少女《せうぢよ》は、赤《あか》いリボンを掛《か》けた金髮《きんぱつ》の頭《あたま》をふりながら、ニッコリして答《こた》へました。

『さう、ぢや私達《わたしたち》と競漕《きやうさう》しませうね。』と私《わたし》が申《まを》しますと、少女《せうぢよ》は唯笑《たゞわら》つてゐました。

『あなた、何《なん》と云《い》ふお名前《なまへ》?。』と、又私《またわたし》はたづねました。

『メリー。』と少女《せうぢよ》はわるびれもせずに答《こた》へました。

『あなたの父《パパ》ちやんはどちらへ?。』

『アメリカへ！ 未《ま》だ歸《かへ》りません。』と物足《ものた》らなさうにいふのでした。

此時《このとき》、そのメリーちやんの母《ママ》ちやんでせう、水色《みづいろ》の洋服《やうふく》を着《き》た、一人《ひとり》の外國婦人《ぐわいこくふじん》が出《で》て來《き》て、短艇《ボート》の番小屋《ばんごや》へ近《ちか》づきました。それと見《み》たメリーちやんは、小兎《こうさぎ》のやうに、其方《そのはう》へ駈《か》けて行《ゆ》きました。

私達《わたしたち》は短艇《ボート》に乘《の》つて、漕《こ》ぎ出《だ》しました。少《すこ》し出《で》てから振《ふ》り返《かへ》つて見《み》ると、メリーちやんの乘《の》つた短艇《ボート》も、だん／＼此方《こつち》へ漕《こ》いで來《く》るのでした。

此《こ》のあひるは不《ふ》思議《しぎ》なあひるで、慾兵衛爺《よくべゑぢい》さんの處《ところ》へ來《き》てから、毎日《まいにち》

金《きん》の卵《たまご》を一つづゝ産《う》みました。

月《つき》の母《かあ》さんゐる時《とき》は
ぽつぽに抱《だ》かれて寝《ね》んねする
母《かあ》さんお留守《るす》の暗《やみ》の夜《よ》は
お目々《めゝ》を醒《さま》してピーカピカ

私《わたし》は、はつとして振《ふ》り向《む》きました。其可《そのか》愛《はい》い歌《うた》は、メリーちやんの短艇《ボート》から聞《きこ》えるのでした。『あゝメリーちやんだつたのだ』と思《おも》ふと、私《わたし》はもうメリーちやんとは、何年《なんねん》も前《まへ》から親《した》しかつたやうな、懐《なつか》しさを覚《おぼ》えました。

インキのやうな碧《あを》い湖水《みづうみ》に、夕焼雲《ゆふやけぐも》が、キラ〱と映《うつ》りました。

それから湖《みづうみ》の岸《きし》に、聳《そび》えてゐる山《やま》の影《かげ》が、はつきりと倒《さかしま》に映《うつ》つてゐ

爺《ぢい》さんは大喜《おほよろこ》びでした。さつそく樫《かし》の木《き》で大《おほ》きな箱《はこ》をこしらへて大《たい》切《せつ》に金《きん》の卵《たまご》をしまつて置《お》きました。

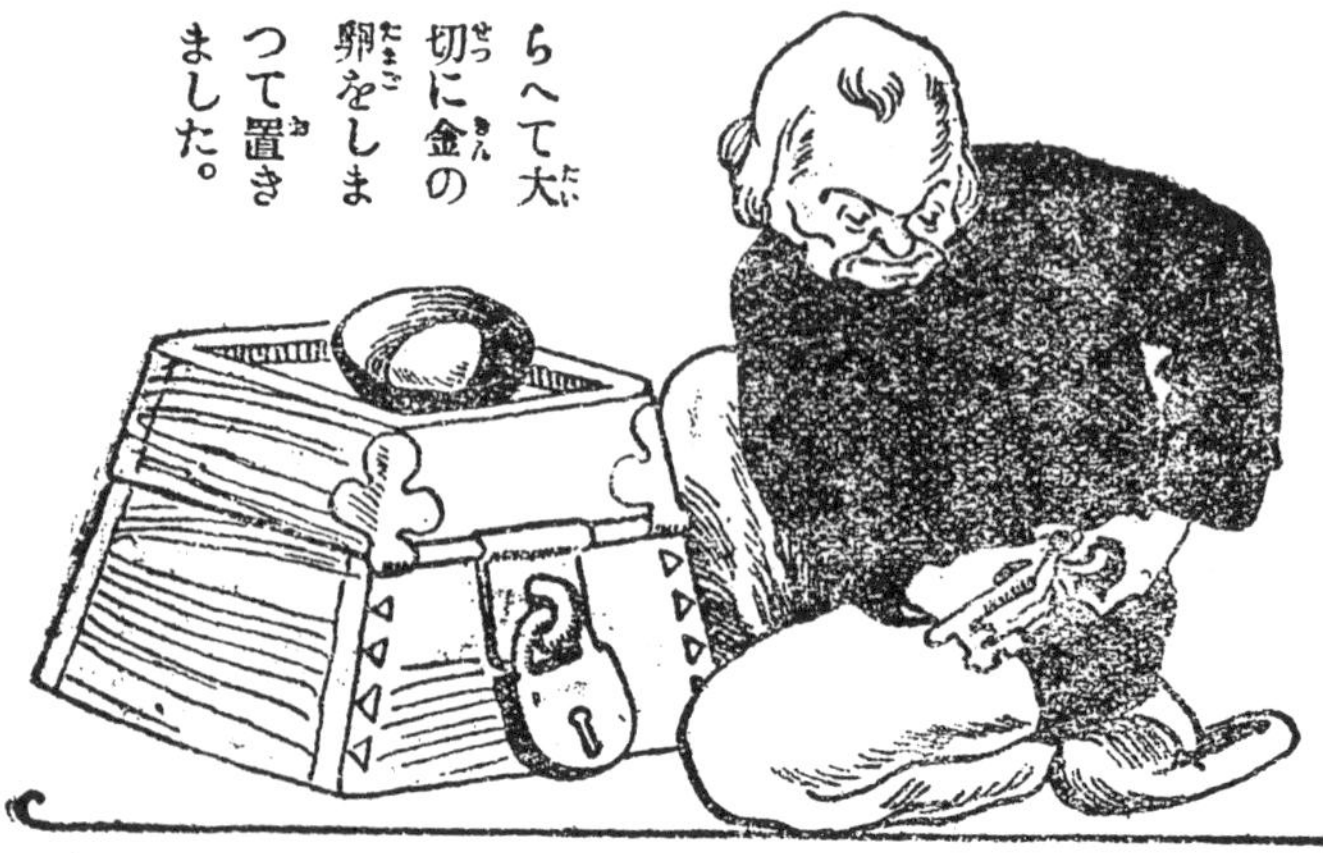

ました。お友達《ともだち》と私《わたし》とは、交《かは》る〳〵オールをもつて、静《しづ》かに漕《こ》ぎまはりました。メリーちやんの短艇《ボート》とは、近《ちか》づいたり遠《とほ》ざかつたりしました。船側《ふなべり》がすれ〳〵になるほど、近《ちか》づいた時《とき》私《わたし》は、

『メリーちやん、あなた、大層《たいそう》歌《うた》がお上手《じやうず》ですね。』といひました。

メリーちやんはニッコリと笑《わら》ひました。

『私《わたし》は其歌《そのうた》が大好《だいす》きです、何《なん》といふ歌《うた》ですか。』

『「幸福《かうふく》の星《ほし》」つていふの、私《あたし》の父《パパ》ちやんも母《ママ》ちやんも大好《だいす》き。』メリーちやんは斯《か》ういつて、母《ママ》ちやんのお顔《かほ》を見上《みあ》げるのでした。

『メリーちやん、あなた漕《こ》ぎませんか、競漕《きやうそう》しませう。』と私《わたし》は突然《だしぬけ》に申《まを》しました。

『ノー〳〵、私《わたし》漕《こ》げません。』と、あどけなく申《まを》しました。すると母《ママ》ちやんが、

『あなた方《がた》お上手《じやうず》、とても勝《か》てません。』と云《い》つて、ホヽヽと快活《くわいくわつ》に笑《わら》ひました。二つの短艇《ボート》は、暫《しばら》くオールを上《あ》げて、鏡《かゞみ》のやうに澄《す》んだ、青《あを》い水《みづ》の上《うへ》を漂《たゞよ》ひました。雨上《あめあが》りの霧《きり》が、男體山《なんたいざん》を、環《わ》のやうに巻《ま》いてゐましたが、それも暫《しばら》くの間《あひだ》で、山《やま》の背後《うしろ》の方《はう》へ消《き》えて行《ゆ》きました。二つの短艇《ボート》は、云《い》ひ合《あは》せたやうに、オールを水《みづ》に入《い》れました。

『グードバイ、』といつて、母《ママ》ちやんが漕《こ》ぎ出《だ》しました。メリーちやんも

『グードバイ、また明日《あした》。』と、此方《こちら》へ會釋《ゑしやく》しました。

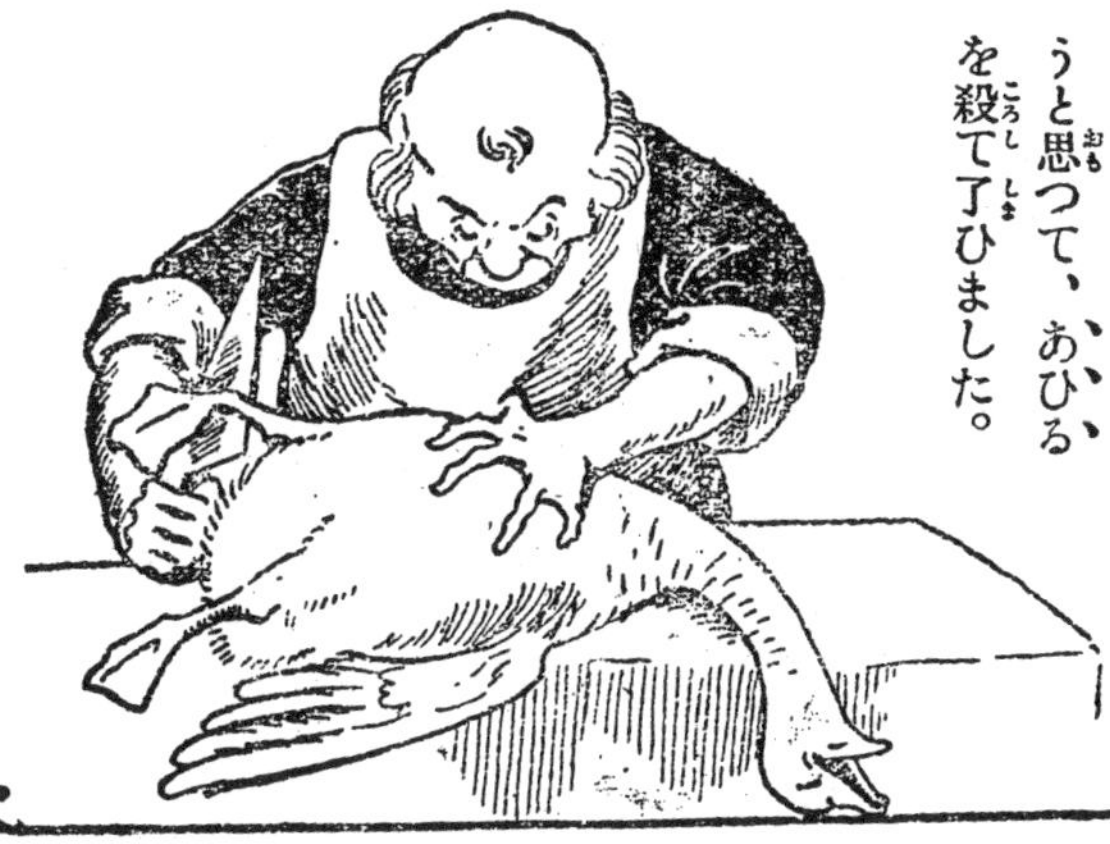

慾兵《よくべ》衛《ゑ》爺《ぢい》さんは、おひるが毎日《まいにち》卵《たまご》を一つづゝ産《う》むのでは、我慢《がまん》が出來《でき》ないで、一度《ど》にお腹《なか》の卵《たまご》をみんな取《と》らうと思《おも》つて、おひるを殺《ころ》して了《しま》ひました。

一番《ばん》大《おほ》きいあの星《ほし》は
ダイヤモンドのお星《ほし》さま
幸福者《しあはせもの》のお星《ほし》さま

月《つき》の母《かあ》さんゐるときは
ぽつぽに抱《だ》かれて寝《ね》んねする
母《かあ》さんお留守《るす》の暗《やみ》の夜《よ》は
お目《め》々を醒《さま》して
ピーカピカ

短艇《ボート》の影《かげ》が見《み》えなくなつてからも、メリーちやんの歌《うた》ふ可愛《かはい》らしい聲《こゑ》が聞《きこ》えました。私《わたし》はふり返《かへ》つて、思《おも》はずニツコリ笑《わら》ひま

お腹《なか》を切《き》つて見《み》たが、金《きん》の卵《たまご》が一つもないので、爺《ぢい》さんはがつかりして、せめては今《いま》まで産《う》んだ卵《たまご》の數《かず》でもしらべやうと、箱《はこ》の蓋《ふた》を開《あ》けました。處《どこ》が、不思議《ふしぎ》にも金《きん》の卵《たまご》は、みんな蛙《かへる》に化《ば》けて爺《ぢい》さんめがけて、飛《と》びつきました。

した。

私《わたし》は、宿《やど》で夕《ゆふ》御《ご》飯を食《た》べながら、又《また》ふと、メリーちゃんの事《こと》を思《おも》ひ出《だ》しました。

『お父《とう》さんが留《る》守《す》で、淋《さび》しいだらうなあ、あのメリーちゃんは？』と、お友達《ともだち》に話《はな》しかけました。

『でも、あんな優《やさ》しい母ちゃんがあるんだから幸福《しあはせ》さ、メリーちゃんの歌《うた》つてゐる幸福《しあはせ》の星《ほし》のやうに、幸福《しあはせ》さ。』とお友達《ともだち》は申《まを》しました。

私《わたし》は心《こゝろ》の中《うち》で、このメリーちゃんが、いつも〱、幸福《しあはせ》の星《ほし》であるやうに祈《いの》りました。（たはり）

長野縣神川小學校
尋常五年生
山邊堅君作

子供《こども》の自由畫《じゆうぐわ》を募《つの》る

山本鼎

子供諸君《こどもしよくん》、――こんど、この雜誌《ざつし》で君《きみ》たちの畫《ゑ》をいたゞいて、僕《ぼく》が、みんなの畫《ゑ》のうちから、選《えら》むだのを、毎月《まいげつ》四つぐらゐ此處《こゝ》に、寫眞《しやしん》の版《はん》にして出《だ》すことになりました。

自由畫《じゆうぐわ》、といふのは、お手本《てほん》や、雜誌《ざつし》の畫《ゑ》なんかを見《み》て、描《か》いたものでない畫《ゑ》のことです。君《きみ》たちが、かつてに描《か》いた畫《ゑ》のことです。ですから、君《きみ》たちは、お手本《てほん》や、雜誌《ざつし》の畫《ゑ》なんかをみて描《か》かずに花《はな》なり、景色《けしき》なり、動物《どうぶつ》なり、お母《かあ》さんのお顏《かほ》なり、なんでも、君《きみ》たちの好《す》きなものを、かつてに描《か》いてごらんなさい。

お手本《てほん》を見《み》て描《か》いたり、雜誌《ざつし》の畫《ゑ》なんかみて描《か》いたものは、みんな落第《らくだい》ですよ。

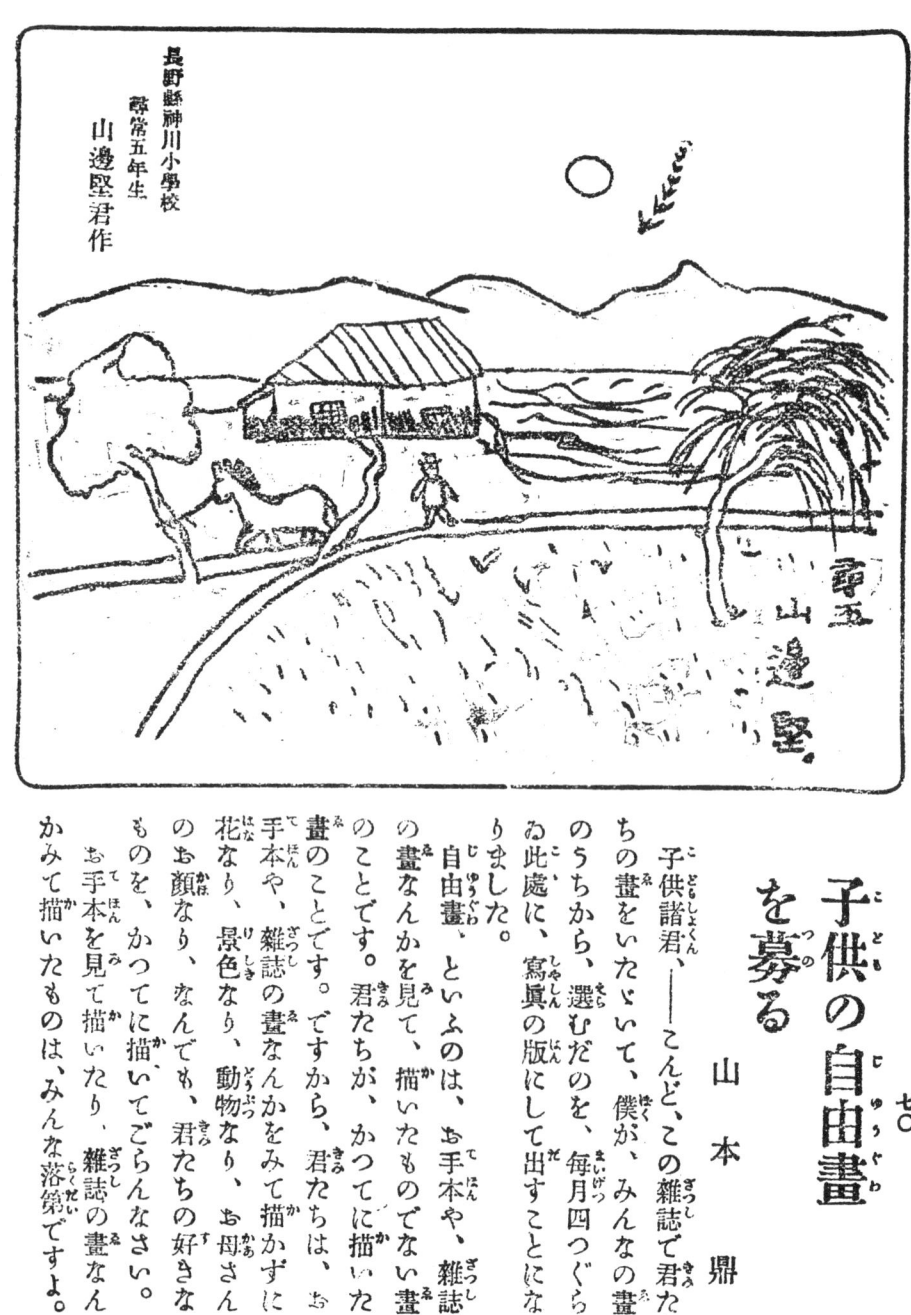

森鷗外氏令嬢 まり子さん作 （八歳の時）

それから、あんまり、うすく、ぼんやりかいてある畫《ゑ》は、たいそういゝ畫《ゑ》でも寫眞《しやしん》の版《はん》になりませぬから、及第《きふだい》しても雜誌《ざつし》へは出《だ》されません。そのかはり、そんないゝ畫《ゑ》は僕《ぼく》が戴《いたゞ》いて、だいじに、しまつておきます。

大人《おとな》諸君《しよくん》、――以上《いじやう》の企《くわだて》を御贊成《ごさんせい》下《くだ》さいまし。子供達《こどもたち》は、本來《ほんらい》、お手本《てほん》を眞似《まね》するよりも、自由《じゆう》に、見《み》る所《ところ》のもの、もしくは見《み》たことのあるものを、描《か》き度《た》いがるものです。さういふ子供《こども》には、出來《でき》るだけ、良質《りやうしつ》の畫用品《ぐわようひん》を與《あた》へて下《くだ》さいまし そして、子供《こども》を愛《あい》すると同《おな》じ愛《あい》を以《もつ》て、彼《か》れの創作を迎《むか》へて下《くだ》さいまし。

大人《おとな》に、智《ち》、感《かん》、情《じやう》、がある如《ごと》く、小《こ》供《ども》にも智《ち》、感《かん》、情《じやう》があります。大人《おとな》に美《び》術《じゆつ》がある如《ごと》く子供《こども》にも美術《びじゆつ》がある筈《はず》です子供《こども》の美術《びじゆつ》は彼《か》れの眼《め》と手《て》によつて自然《しぜん》から直接《ちか》に捉《とら》へられた、そのものです。

馬鹿《ば》七

沖野岩三郎

一

紀州《きしう》の山奥《やまおく》に、狸山《たぬきやま》といふ高《たか》い山《やま》がありました。其所《そこ》には、大《おほ》きな樫《かし》だの、樟《くす》だのが生《は》え繁《しげ》つてゐる、晝《ひる》でも薄暗《うすくら》い、氣味《きみ》の惡《わる》い森《もり》がありました。森《もり》の中《なか》には百穴《あな》といふのがありました。其《そ》の穴《あな》の中《なか》から、お腹《なか》の膨《ふく》れた古狸《ふるだぬき》が、夕方《ゆふがた》になると、百疋《ぴき》も二百疋《ぴき》も、ノツ／＼と這《は》ひ出《だ》して來《き》て、ポンポコ／＼と腹鼓《はらつゞみ》を打《う》つて踊《をど》つたり跳《は》ねたりするといふので、村《むら》の人達《ひとだち》は、誰《だれ》も其《そ》の森《もり》の中《なか》へ入《はひ》つて行《ゆ》かなかつたのです。

所《ところ》が此《こ》の村《むら》に、七郎兵衞《らうべゑ》といふ五十あまりの男《をとこ》がありました。一度《ど》其《そ》の狸《たぬき》の腹鼓《はらつゞみ》を聞《き》いて見《み》たいものだ、狸《たぬき》の踊《をど》る樣子《やうす》を見《み》てやりたいものだと思《おも》ひまして、或日《あるひ》の夕暮《ゆふぐれ》に、唯一人《たゞひとり》其《そ》の森《もり》の中《なか》へ入《はひ》つて行《ゆ》きました。

七郎兵衛《しちべゑ》は少《すこ》し馬鹿《ばか》な男《をとこ》でしたから、村《むら》の人達《ひとたち》は、馬鹿《ばか》七、馬鹿《ばか》七と呼《よ》んで居《ゐ》ました。七郎兵衛《しちべゑ》自身《じしん》も、馬鹿《ばか》七と云《い》はれて平氣《へいき》でゐました。

馬鹿《ばか》七は腰《こし》に山刀《やまがたな》をさして、手《て》には竹《たけ》の杖《つゑ》を一本提《ぼんさ》げてゐました。そして段々《だん/\》、山《やま》を奥《おく》へ奥《おく》へと登《のぼ》つて行《い》つて、大《おほ》きな暗《くら》い/\眞暗《まつくら》い、森《もり》の中《なか》へ入《はひ》つて行《ゆ》きました。

『何《なん》と大《おほ》きな樟《くす》の樹《き》だなア、何《なん》と大《おほ》きな樫《かし》の樹《き》だなア。』と呆《あき》れながら、馬鹿《ばか》七は眞暗《まつくら》い森《もり》の中《なか》で木《き》の根《ね》に腰《こし》をかけて、腹鼓《はらつゞみ》の鳴《な》るのを、今《いま》か/\と待《ま》つて居《ゐ》ました。けれども一時間《じかん》待《ま》つても、二時間《じかん》待《ま》つても、ちつとも狸《たぬき》は出《で》て來《き》ませんでした。馬鹿《ばか》七はとう/\待草臥《まちくたび》れて、ウト/\と其所《そこ》へ寢《ね》て了《しま》ひました。

暫《しばら》くして、不圖《ふと》眼《め》を覺《さま》して見《み》ると、これはまア何《なん》といふ不思議《ふしぎ》な事《こと》でせう。馬鹿《ばか》七の前《まへ》には、可《か》愛《はい》い/\小《ちひ》さい狸《たぬき》の仔《こ》が、百疋《ぴき》も二百疋《ぴき》も、きちんと座《すは》つてゐました。そしてお行儀《ぎやうぎ》よく並《なら》んで、馬《ば》鹿《か》七の方《はう》を一生懸命《しやうけんめい》に見詰《みつ》めて居《ゐ》るぢやアありませんか。馬鹿《ばか》七は吃驚《びつくり》しましたから、腰《こし》の山刀《やまがたな》をスラリと引拔《ひきぬ》いて、振廻《ふりまは》しました。すると、其《そ》の可愛《かはい》い狸《たぬき》の仔《こ》の姿《すがた》が、搔消《かきけ》すやうに消《き》えて了《しま》ひました。そして、森《もり》はまた元《もと》の眞闇《まつくら》になりました。

すると、馬鹿《ばか》七は又《また》、ぐう/\と鼾《いびき》をかいて、寢《ね》て了《しま》ひました。暫《しばら》くして眼《め》を覺《さま》して見《み》ますと、今度《こんど》は大《おほ》きな親狸《おやだぬき》が、まん圓《まる》い膨《ふく》れたお腹《なか》を、ずらりと並《なら》べて、百も二百も並《なら》んで居《ゐ》るのです。そして皆《みん》な、小《ちひ》さい棒切《ぼうぎ》れを兩手《りやうて》に持《も》つて、今《いま》にも其《そ》の太鼓《たいこ》を打《う》ち出《だ》さうとしてゐるのです。

馬鹿《ばか》七は、躍《おど》り上《あが》つて喜《よろこ》びました。『しめたぞさうぢや、其《そ》の太鼓《たいこ》を打《た》いて聞《き》かせて呉《く》れ！』と云《い》つて、ニコ/\笑《わら》ひ乍《なが》ら、竹《たけ》の杖《つゑ》に縋《すが》つて伸《のび》上《あが》つて見《み》ますと、森《もり》の中《なか》一面《めん》に、大《おほ》きな古狸《ふるだぬき》が、何《なん》百何《なん》千となく座《すは》つて居《ゐ》るのです。

『大變《たいへん》な狸《たぬき》だなア、今度《こんど》は山刀《やまがたな》を拔《ぬ》いて脅《おど》かしはしない。さア一つ其《そ》の腹鼓《はらつゞみ》を打《た》いて呉《く》れ！』と云《い》つて、また木《き》の根《ね》に腰《こし》を掛《か》けると、古狸《ふるだぬき》は一齊《せい》にポンポコ〳〵〳〵と、腹鼓《はらつゞみ》を打《た》き出《だ》しました。すると最前《さいぜん》何所《どこ》かへ逃《に》げた、小《ちさ》い可愛《かは》い仔狸《こだぬき》が、ヒヨコ〳〵〳〵〳〵と、面白可笑《おもしろをか》しい手付腰付《てつきこしつき》をして、踊《をど》り出《だ》して來《き》たのです。

馬鹿《ばか》七は餘《あま》り面白《おもしろ》かつたもんだから、何時《いつ》の間《ま》にか、自分《じぶん》も其《そ》の仔狸《こだぬき》の

群《むれ》へ交《まじ》つて、自分《じぶん》が平生好《へいせいこの》んで歌《うた》つてゐる、歌《うた》を唄《うた》ひながら踊《をど》りました。そして踊《をど》り疲《つか》れて、バツタリ森《もり》の中《なか》に倒《たふ》れて眠《ねむ》つて了《しま》ひました。翌《あく》る朝《あさ》眼《め》を覺《さま》して見《み》ますと、狸《たぬき》らしいものは、其所《そこ》らあたりに一疋《ぴき》も居《ゐ》りません。自分《じぶん》が仔狸《こだぬき》と一緒《いつしよ》に、踊《をど》つたらしい形跡《あとかた》もありませんでした。馬鹿《ばか》七は首《くび》を傾《かし》げながら、森《もり》を出《で》て山《やま》を降《お》りて、村《むら》へ歸《かへ》りました。

二

馬鹿《ばか》七は村《むら》の人《ひと》たちに、此《こ》の話《はなし》を致《いた》しました。けれども皆《みん》な『嘘《うそ》だ〳〵、そんな馬鹿《ばか》な事《こと》があるものか。』

と言《じ》つて、信《しん》じませんでした。

『嘘《うそ》だと思《おも》ふなら、皆《みな》さんも森《もり》の中《なか》へ行《い》つてごらんなさい。』と馬鹿《ばか》七が言《い》ひました。

『だつて、昔《むかし》から誰《たれ》も行《い》かない森《もり》だもの、入《はひ》つて行《い》くのは氣味《きみ》が惡《わる》いから……。』と云《い》つて、矢張《やつぱり》誰一人《たれひとり》、森《もり》へ入《はひ》つて行《い》かなかつたのです。けれども馬鹿《ばか》七は、大抵《たいてい》月《つき》に三度《ど》づゝは、此《こ》の森《もり》の中《なか》へ入《はひ》つて行《ゆ》きました。そして、いつも其《そ》の面白《おもしろ》い腹鼓《はらつゞみ》をきいたり、踊《をど》りを見《み》ては喜《よろこ》んで歸《かへ》つて來《き》たのです。

村《むら》の庄屋《しやうや》の息子《むすこ》に、智慧藏《ちゑざう》といふ男《をとこ》がありました。長《なが》い間《あひだ》江戸《えど》へ出《で》て、勉強《べんきやう》して歸《かへ》つて來《き》ましたが、馬鹿《ばか》七の話《はなし》を聞《き》いて、

『其樣《そん》な馬鹿《ばか》な話《はなし》があるものか。夫《そ》れは迷信《めいしん》といふものだ。』と言《い》ひました。しかし馬鹿《ばか》七は頭《かしら》を横《よこ》に振《ふ》つて、

『いゝえ、迷信《めいしん》でも嘘《うそ》でもありません。私《わたし》は確《たし》かに太皷《たいこ》の音《おと》を聞《き》くのです。踊《をど》りを見《み》るのです。これより確《たし》かな事《こと》があるものですか。』と言《い》ひました。

そこで、智慧藏《ちゑざう》は村《むら》の若者《わかもの》を十人《にん》伴《つ》れて、自分《じぶん》は長《なが》い鎗《やり》を提《さ》げ、若者《わかもの》には、刀《かたな》を一本《いつぽん》づゝ腰《こし》に差《さ》させて、馬鹿《ばか》七と一緒《いつしよ》に、山《やま》へ上《のぼ》つて行《ゆ》きました。

『森《もり》が見《み》えました。狸《たぬき》の腹鼓《はらつゞみ》は彼《あ》の森《もり》の中《なか》で聞《き》くのです。』と言《い》つて、馬鹿《ばか》七が森《もり》の方《はう》を指《ゆびさ》しました時《とき》、もう若者《わかもの》の顔《かほ》は眞蒼《まつさを》になつて慄《ふる》えて居《ゐ》ました。

『狸《たぬき》が出《で》て見《み》ろ、片《かた》ツ端《ぱし》から刺《さし》殺《ころ》して了《しま》ふから…………。』智慧藏《ちゑざう》は元氣《げんき》らしく言《い》ひました。

皆《みん》な其所《そこ》で松明《たいまつ》へ火《ひ》をつけて、森《もり》の中《なか》へ入《はひ》つて行《い》きました。そして今《いま》か〳〵と待《ま》つて居《ゐ》ましたが、何時《いつ》まで待《ま》つても、狸《たぬき》らしいものも、鼠《ねずみ》らしいものも、出《で》て來《こ》なかつたのです。

『夫《そ》れ見《み》ろ、馬鹿《ばか》七の嘘吐《うそつ》き！　何《なに》も出《で》やしないぢやないか。』と云《い》つて智慧藏《ちゑざう》が大聲《おほごゑ》で呶鳴《どな》りました。その時《とき》、向《むか》ふの大《おほ》きな樟《くす》の木《き》の蔭《かげ》から、ポン〳〵ポンポコ〳〵と、面白《おもしろ》い太鼓《たいこ》の響《ひゞき》が聞《きこ》えて來《き》ました。

『やア、來《き》た〳〵、そうれ、彼《あ》の大《おほ》きな狸《たぬき》を御《ご》覽《らん》！　三百。四百、五百、あれ〳〵彼《あ》の小《ちさ》い可愛《かはい》い仔狸《こだぬき》を御覽《ごらん》、あれ〳〵……。』

馬鹿《ばか》七は、既《も》う面白《おもしろ》くて堪《たま》らないやうに、自分《じぶん》も踊《をど》り出《だ》しました。智慧藏《ちゑざう》は鎗《やり》を身構《みがま》へました。若者《わかもの》は皆《みん》な、刀《かたな》へ手《て》を掛《か》けました。しかし太鼓《たいこ》の音《おと》がするだけで、狸《たぬき》も何《なに》も見《み》えませんでした。

『夫《そ》うれ、來《き》た〳〵、そうれ、其《そ》の足許《あしもと》へ來《き》たぢやないか。やア〳〵今晩《こんばん》のは滅法大《めつぽふおほ》きい狸《たぬき》ぢや……』と云《い》つて馬鹿《ばか》七が叫《さけ》び乍《なが》ら、狂《くる》ひ出《だ》したので、若者《わかもの》は急《きふ》に氣味惡《きみわる》くなつて、松明《たいまつ》を其所《そこ》へ投《な》げ棄《す》てゝ、一目散《いちもくさん》に森《もり》を駈《か》け出《だ》しました。智慧《ちゑ》藏《ざう》も最《も》う堪《たま》らなくなつて、森《もり》を逃《に》げ出《だ》しましたが、無茶苦茶《むちやくちや》に、下《した》の方《はう》へ轉《ころ》びながら走《はし》つて來《き》て、十五六町《ちやう》も來《き》たと思《おも》ふ時分《じぶん》に、振返《ふりかへ》つて見《み》ました。すると、森《もり》は一面《めん》の猛火《もうくわ》に包《つゝ》まれて、焰々《えん〳〵》と燃《も》えて居《ゐ》ました。夫《そ》れは、若者達《わかものだち》の投《な》げ捨《す》てた松明《たいまつ》の火《ひ》が、落積《おちつも》つた木《こ》の葉《は》に燃《も》え移《うつ》つて、夫《そ》れが枝《えだ》から枝《えだ》に、段々《だん〳〵》と燃《も》え廣《ひろ》がつたのでありました。

三

火事《くわじ》だ、火事《くわじ》だ、山火事《やまくわじ》だ！と云《い》つて、村《むら》の人《ひと》達《だち》は、皆《みん》な麓《ふもと》まで駈《か》けつけて來《き》ましたが、何樣何《なにさまなん》千年《せんねん》も、斧《をの》を入《い》れた事《こと》の無《な》い、大《おほ》きな森《もり》の大木《たいぼく》が、燃《も》え出《だ》したのだから、見《み》る〳〵うちに、山《やま》一面《めん》が火《ひ》の海《うみ》になりました。

山火事《やまくわじ》は七日《なぬか》の間續《あひだつゞ》きました。そして高《たか》い高《たか》い狸山《たぬきやま》は、一本《ぽん》の生木《なまき》もないやうに燒《や》かれて了《しま》ひました。火事《くわじ》のあとで、村《むら》の人達《ひとたち》が上《のぼ》つて行《い》つて見《み》ますと、百穴《あな》の中《なか》から、這《は》ひ出《だ》して來《き》た古狸《ふるだぬき》も仔《こ》狸《だぬき》も、皆《みん》な焼《や》けて死《し》んで居《ゐ》ました。

『これでいゝ、もう狸《たぬき》も出《で》ないし、下《くだ》らない迷《めい》信《しん》もなくなつた。』と云《い》つて、智慧藏《ちゑざう》は喜《よろこ》びました。

しかし村《むら》の人達《ひとだち》は馬鹿《ばか》七が、どうなつたのだらうかと言《い》つて、心配《しんぱい》をし初《はじ》めました。焼跡《やけあと》をすつかり調《しら》べて見《み》ましたが、人間《にんげん》らしい者《もの》の、屍骸《しがい》は見《み》つかりませんでした。

『あんな馬鹿《ばか》な男《をとこ》は、どうなつたつて宜《い》いぢやないか。』と智慧藏《ちゑざう》は言《い》ひました。しかし村人《むらびと》は、馬鹿《ばか》七の爲《ため》に心配《しんぱい》してゐました。

所《ところ》が其翌年《そのよくとし》から、此村《このむら》に雨《あめ》が一滴《ひとしづく》も降《ふ》らなくなりました。もう川《かは》も谷《たに》も、水《みづ》が涸《か》れて了《しま》つて、飮《の》む水《みづ》にも困《こま》るやうになりました。田《た》や畑《はたけ》の作物《さくもつ》は悉皆《すつかり》萎《しな》びて、枯《か》れて了《しま》ひました。で、多勢《おほぜい》はお宮《みや》の境内《けいだい》で、太鼓《たいこ》を打《た》いて歌《うた》ひ乍《なが》ら、雨乞踊《あまごひをどり》をいたしました。智慧藏《ちゑざう》は其《そ》の音頭《おんど》を取《と》りました。

三百人《にん》も四百人《にん》も集《あつま》つて、聲《こゑ》を嗄《から》らして歌《うた》ひ乍《なが》ら、雨乞踊《あまごひをどり》を踊《をど》つて居《ゐ》ますと、其所《そこ》へ向《むか》ふの方《はう》から、青《あを》い物《もの》を荷《にな》つた男《をとこ》が、一人《ひとり》やつて來《き》ました。能《よ》く〳〵見《み》ると、夫《そ》れは馬鹿《ばか》七でありました。

『馬鹿《ばか》七さん、あなたは焼《や》けて死《し》んだのぢやア無《な》かつたのですか。』智慧藏《ちゑざう》は問《と》ひました。

『いゝえ、斯《こ》の通《とほ》り生《い》きて居《ゐ》ます。私《わたし》は山火事《やまくわじ》が起《お》つたので、直《す》ぐ隣村《となりむら》へ杉苗《すぎなえ》を買《か》ひに參《まゐ》りました。御覧《ごらん》なさい。此《こ》の通《とほ》り杉苗《すぎなえ》を三千本《ぼん》買《か》つて參《まゐ》りました。』

『まア、小《ちさ》い杉苗《すぎなえ》ですね、これを何《ど》うするつもりですか。』

『これを彼《あ》の狸山《たぬきやま》へ植《う》ゑて、元《もと》の通《とほ》りの森《もり》にするのです。』

『こんな小《ちさ》い苗《なえ》を植《う》ゑて、元《もと》の森《もり》にする？ 何《なに》年後《ねんのち》に大《おほ》きな森《もり》になると思《おも》ふ？』

『さうさなア、三百年《ねん》も經《た》てば……。』

『はゝゝは、』と智慧藏《ちゑざう》は笑《わら》ひました。皆《みん》なも一度《ど》に笑《わら》ひました。そして又太鼓《またたいこ》を打《た》いて踊《をど》り始《はじ》めたのです。馬鹿《ばか》七は、さつさと山《やま》へ上《のぼ》つて行《い》きました。そして、土《つち》を掘《ほ》つて丁寧《ていねい》に、其杉苗《そのすぎなえ》を植《う》ゑました。二十日目《はつかめ》に山《やま》を下《お》りて來《き》た時《とき》、村《むら》の人達《ひとだち》は、矢張《やつぱ》り雨乞踊《あまごひをど》りを踊《をど》つてゐました。馬鹿《ばか》七は小《こ》高《だか》い所《ところ》から、ぢつと其踊《そのをど》りを眺《なが》めて居《ゐ》ましたが、不思議《ふしぎ》にも村《むら》の人達《ひとだち》が、皆《みん》な狸《たぬき》に見《み》えるのです。

『あすこで狸《たぬき》が踊《をど》つて居《ゐ》る？　狸《たぬき》が腹鼓《はらつゞみ》を打《う》つてゐる？　いゝや、あれは人間《にんげん》ぢや、此村《このむら》の馬鹿《ばか》な人達《ひとだち》ぢやらう？　いゝや、狸《たぬき》だらう？　はてな……』と頻《しき》りに頭《かしら》を傾《かし》げて考《かんが》へてゐました。所《ところ》が其處《そこ》で段々《だんだん》と近寄《ちかよ》つて見《み》たが、どうしても、智《ち》慧藏《ゑざう》を初《はじ》め皆《みん》なが、毛《け》むくぢやらな、腹《はら》の大《おほ》きい狸《たぬき》に見《み》えるのです。

『おうい〳〵、お前達《まへだち》は皆《みん》な狸《たぬき》なんか、此村《このむら》で本當《ほんたう》の人間《にんげん》は俺一人《おれひとり》なんか……』と云《い》つて馬鹿《ばか》七は、おい〳〵と大聲《おほごゑ》をあげて泣《な》いたさうです。

夫《そ》れから何百年《ねん》も經《た》つて、狸山《たぬきやま》は又元《またもと》の通《とほ》りの、大《おほ》きな森《もり》になりました。馬鹿《ばか》七の植《う》ゑた杉苗《すぎなえ》が、最《も》う幾抱《いくかゝ》えもある大《おほ》きなものになつて、高《たか》く聳《そび》えてゐます。そして此村《このむら》は、五日目《いつかめ》に風《かぜ》が吹《ふ》き、十《とほ》日目《かめ》に雨《あめ》が降《ふ》り、田畑《たはた》の作物《さくもつ》が大變《たいへん》によく實《みの》ります。毎年秋《まいねんあき》の末《すゑ》に、村《むら》の人達《ひとだち》が木《き》の刀《かたな》を腰《こし》にさして、狸山《たぬきやま》へ登《のぼ》つて、其所《そこ》で太鼓《たいこ》を打《た》いて、狸《たぬき》の假《め》面《ん》を被《かむ》つて踊《をど》ります。森《もり》の中《なか》にはお宮《みや》があつて其《その》お宮《みや》を『馬鹿《ばか》七權現《ごんげん》』と申《まを》します。そして村人《むらびと》の被《かむ》る狸《たぬき》の假面《めん》を『智慧藏假面《ちゑざうめん》』と申《まを》します。しかし村人《むらびと》の誰《た》れもその由來《ゆらい》を知《し》つたものはありません。（をはり）

「金《きん》の船《ふね》」誌《し》友《いう》募《ぼ》集《しふ》

「金《きん》の船《ふね》」を立派《りつぱ》な雜誌《ざつし》にすると共《とも》に、みなさんの便利《べんり》を計《はか》る爲《ため》に、「金《きん》の船《ふね》」の誌《し》友《いう》を募《ぼ》集《しふ》することになりました。みなさん、どうぞ振《ふる》つて誌《し》友《いう》にお成《な》り下《くだ》さい。これから先《さき》、「金《きん》の船《ふね》」をます〱立派《りつぱ》なものにするには、どうしても、みなさんのお力《ちから》を借《か》りなければなりませんから。

「金《きん》の船《ふね》」誌《し》友《いう》になるには、別段《べつだん》むづかしい規則《きそく》はありません。誌《し》友《いう》の資格《しかく》は、三ケ月分以上《げつぶんいじやう》、前金《ぜんきん》で注文《ちうもん》すればよいのです。一反《たん》誌《し》友《いう》になつておけば、將來種々《しやうらいしゆく》な特典《とくてん》があります。くわしく知《し》りたい方《かた》は葉書《はがき》でお問《と》ひ合《あは》せになれば、直《す》ぐにお知《し》らせいたします。

通信

□この欄では、みなさんの通信をのせます。みなさんは、批評や、感想などを、どしどし通信して下さい。また、地方の童謠なり、傳説なりで、まだ、みんなに知られてゐない、めづらしいのがあつたら、どうか知らして下さい。それから、こどもに關する、興味ある研究や、意見などがあつたら知らして下さい。

少年少女諸君も、どし〱、通信してください。(記者)

□近頃になつて、こどもの讀物に新運動が起りました。此の意義ある運動によつて、惰氣滿々としてゐた子供の讀物が、どれだけ、改善されたか知れません。從來のこどもの讀物は五年前も十年前も、殆ど同じ物で時代と共に少しも進歩してゐませんでした。處が一部の人々の努力によつて、最近こどもの讀物が一變しやうとしてゐます。此の尊敬すべき新運動はこどもの讀物の詩的、藝術的方面を十分に開拓しました。しかし、惜むらくはこどもに無くてはならぬ道德的、教訓的方面を閑却してゐる傾があります。その上、程度が高まり過ぎて、こどもの讀物らしくない觀をさへ呈して來ました。吾々は此の新運動の意義ある方面は何處までも見習つて行きます。併し同時にその足りない方面を補つて行かなければならないと思ふのです。如何に教訓的方面がこどもに必要だからと言つて、吾々は學校で教へる修身を雜誌の上で繰返さうとするのではありません。修身的お話は、學校で毎日聞かせるので澤山です。それ故吾々は佛蘭西などの教科書の樣に、面白い童話の中から自ら人として學ばねばならぬ事を教へて行く樣なものを發表したいと考へてゐます。併し、此の種の話ばかりを掲げやうとするのではありません。上品な、快活な、ユーモラスな話は、子供になくてはならぬものですから、此の方面にも力を盡して行く事は勿論です。

此の外、吾々の雜誌は何處までも子供のものであらしめたい爲めに、讀物の内容を出來るだけこどもらしい物にしたばかりでなく、言葉もこどもの持つてゐる言葉で書いて貰つた積りです。また、雜誌の體裁もこどもらしくと思つて、組方などにも相當に注意しました。今迄の多くの子供雜誌は大人の雜誌と殆ど同じ樣な活字の組方をしてゐたのです。(佐次郎)